財務省の階段

幸田真音

目次

議事堂の穴

女は、最初に会ったときから少し変わっていた。

どこがどうと取り立てては言えないのだが、とにかくほんの少しずつどこか変わっている気がしたのである。

「ようこ、って言います」

柴田毅《しばたつよし》が名前を訊《き》いたとき、忙《せわ》しげにカーペットクリーナーを転がしていた手を止め、やおら直立不動の姿勢になって、ぺこりと頭を下げてみせた。棒の先に大きな粘着紙のロールがついた、コロコロと呼ばれるあのカーペットクリーナーが、百五十センチに満たないような痩《や》せた身体には、ひどく重そうにみえる。

そう、彼女はたしかになにもかもが貧相な雰囲気だった。

お仕着せの薄い水色の作業着に、お揃いの三角巾《さんかくきん》でスカーフのように髪を包んでいるので、表情まではよくわからない。だが、その顔や三角巾から覗《のぞ》く白髪の感じからして、六十歳はとうに超えているだろう。おそらく柴田の母親ぐらいの年齢ではないか。

朝一番にやって来て、年代物のテーブルの上をざっと拭《ふ》き、長いホースのついた大きな掃除機を引きずるようにして床をなめたあと、そのクリーナーをころころと転がして、絨毯《じゅうたん》に残っている糸くずなどを取る。

毎朝、誰かしらが交替でやってきて済ませていくいつもの清掃作業の手順は、見るともなしに見ているので、柴田にもだいたいのことはわかっていた。もっとも、その日の当番が誰で、どこから来ているかなど気にも留めたことはなく、女がその朝なにをしていようと、実際のところは目にもはいってはいなかったのかもしれない。

要するに、歌舞伎の舞台の黒子のように、端《はな》からそこに存在してはいないのが清掃員というものだ。柴田はなんの疑いもなくそう思っていたものだから、もとより彼女の名前など訊くつもりはなかったのである。

どう考えても興味を持つ相手ではない。

ただ、急に冷え込んできた朝、いつもより早めに出勤してきた議事堂の三階にある民志党幹事長室には、たまたま柴田のほかには彼女しかいなかった。二人だけで部屋にいるのに、ずっと押し黙っているのも不自然に思えてきて、なんとなく声をかけてしまっただけのことだ。

「いつもご苦労さんだね」

柴田がなんの気なしに声をかけると、女は黙々と動かしていた手を止め、びくりと身体を震わせてこちらを振り返った。まるで、悪いことをしていたのを見つかってしまったかのような脅《おび》えた顔をしている。

それで、柴田のほうがかえって慌ててしまって、ほかに言葉の継ぎようがなく、つい名前を訊いたにすぎなかった。

「容《い》れ物のね、あの字で、ようこ」

消え入りそうな声である。

「いれもの？」

柴田が素直に反応したのがよほど嬉《うれ》しかったのか、急に笑顔になって、空間に指で字を書いてみせる。しかしだ。こういうとき、普通はフルネームを答えるものではないか。なのにあえて名前だけを言うなど、水商売の女でもあるまいし。

「溶ける、っていう字じゃないですからね」

さらにはそんなことまで口にする。溶けるだなんて、そんな気味の悪い名前があるものか。なんだかからかわれているようで、柴田は不快感を覚えた。弾みとはいえ、こんな女にわざわざ名前など訊くのではなかった。

「ああ、容器の容ね。なるほど、容子さんか」

とはいえ、漢字がわからないと思われても癪《しゃく》なので、柴田はそっけなくうなずいたのだ。それにしても、容れ物と喩《たと》えるなど、やはりどこか変わっている。

「先生は、いつもお早いですよね。代議士さんって、こんなに朝早くからお仕事されているんだなって、家でも息子に感心して話しているんですよ。マスコミがみんないろいろけなすじゃないですか。だけど、本当は大変な仕事なんだよって」

容子はどこか誇らしげにそう言って、また思い出したように手を動かし始めた。

「だって、テレビでね、ほら、よくこの議事堂のなかが映りますでしょ。ニュースのときなんかですよ。この外の廊下のあたりで、代議士さんが記者さんたちにわっと囲まれて、次から次へと質問されたりして」

柴田が返事をしなかったのが気になるのか、容子は遠慮がちにまた声をあげる。

「ああ、番記者のことだな。彼らにとっては、それが仕事だからね」

「でも、あれを見るたびに、息子に自慢してやるんです。あそこを私がいつも掃除しているんだよ、なんてね」

柴田が返事をしたことで、気をよくしたのか、容子の声が弾んできた。確かめたわけではないが、議事堂内の清掃作業は、おそらく業者に外注しているのだろう。容子はそこから派遣されて来ているのだろうが、それはそれとして、ここでの仕事に自尊心《プライド》を持っていても不思議はない。なんといってもここは国権の最高部門。日本の唯一の立法機関である国会議事堂なのだから。

「ここへ来るまで、私もあちこちで働きましたけどね。この議事堂で仕事を始めたときは、ちょっと嬉しかったですよ。だって、やっぱりここは凄《すご》いですもの」

「そうか、凄いか」

今度はこちらがからかう気持ちで柴田は言った。

「そりゃあそうです。絨毯も、内装も、造りが凝っているし、格調が高いというか、高級というか。そりゃああなた、エレベーターひとつ取っても、ヨーロッパみたいだしね。まあ、私は本当のヨーロッパになんか行ったわけじゃないけど、きっとあちらのお城はこういう感じなんでしょう？　天井はあんなに高いし、柱は沖縄の本物の大理石だから、あちこち動物の化石が埋まっているぐらいですしね。照明だって、真《しん》鍮《ちゅう》の凝った細工だし、どこもかも歴史を感じさせます。それに、なにより歴代の総理大臣が歩かれた赤絨毯だと思うと、お掃除ひとつするにしたって、とっても気合がはいります」

女はさらに勢いづき、頬を紅潮させて一気にまくしたてた。

「へえ、そういうもんなんだ」

言われてみれば、そのとおりだが、柴田は普段そんなものに目を留めたこともなかった。

「はい、そういうもんです。そのうえ、いつもテレビに映るわけですから、ちょっとでもゴミが落ちていたりしたら大変ですしね。それはもう、私たちは気を遣っています」

「なるほど」

わざと気乗りのない返事をした。女が嬉しそうにすればするほど、柴田は気が滅入《めい》ってきたからだ。どうやったら早く話を切り上げられるかと、そればかりを考えていた。

「でもねえ、いくら気を遣うったって、私なんぞ、代議士さんに較べたら物の数にはいりませんよね。毎日毎日、あんなふうに廊下で記者さんに囲まれて、答えを迫られたら、返事をしないわけにはいかないんでしょうね」

面倒な話になるばかりだ。答えたくもないのだが、容子は妙に執拗《しつよう》になる。

「ねえ、実際にはどういう感じなんですか？　いろいろ訊かれて、話をすると、揚げ足を取られて、すぐにいろいろ叩《たた》かれたりしますよね？　政治家の先生たちって、大変だなあっていつも思いますよ。まあ、見ているほうはおもしろいですけどね。あら、すみません。私ったら、余計なことをうかがったりして」

「いや、いいけど、僕には答えられないな。秘書だからね。僕は代議士の秘書。だいいち代議士だったら、こんなに朝早くから来たりはしないよ」

柴田は、いきがかりでこんな話を始めてしまったことを、さらに後悔しながら答えていた。内心いくら嫌だと思っていても、つい笑顔を作ってしまう。清掃員相手にまで気を遣う必要はないとわかっていても、なぜか邪険にはできないのだ。

そういうところこそが、この身に染みついてしまった秘書根性のいやしさにほかならないし、万事をうまく繕おうとする職業病みたいなものだ。

「あ、そうなんですか。私、ここにいる方は、てっきりみなさん代議士かと思っていました。それに、あなたさまは、なんていうか、こう貫禄《かんろく》があるし」

はははと、柴田は軽く笑い声をあげた。どんな下心があるのか知らないが、あんたにお世辞を言われても、嬉しくもなんともないよ。そんな思いを込めたつもりだったが、容子には一向に通じなかったようで、むしろはにかんだ笑顔を向けてくる。

おばさん、勘違いをしちゃいけないよ。柴田は喉元《のどもと》まで出かかったそんな言葉を、ひそかに呑《の》み込んだ。

「今後は、よく見ておくんだね。代議士と、そうでない人間の見分け方なんか簡単だから」

「見分け方？」

「わかるだろう？　バッヂをつけて、ふんぞり返っているのがうちの先生。顎《あご》でこき使われて、怒鳴られて、米つきバッタみたいにいつもペコペコしているのが秘書」

ここぞとばかり、柴田は語気を強めて言い、そのままではなんだか自分が惨めにも思えて、語尾を笑いでごまかした。自虐的な笑いである。なにもこんな女を相手に、心中を明かすこともないのにと思う。

そして、そんなことを考えてしまう自分自身も歯痒《はがゆ》くて、言ったことの倍ほども、柴田はまた悔やむのである。

「ああ、バッヂをね。なるほど、たしかに」

それに較べて、容子は悔しいほどに屈託がない。このままではますます落ち込まされそうにも思えて、柴田は早くこの会話に決着をつけたいと願った。

「そう。ここではバッヂをつけているかどうかですべてが決まる。もっとも、バッヂをつけた先生方のあいだにも、それぞれ微妙な上下関係が存在するけどね。さ、もういいだろう。容子さん、だったっけ？　ま、あなたも頑張って掃除してよ、ね」

これでおしゃべりは打ち切りだ。言外にそう伝えて、柴田はこれ見よがしに、手にしていたファイルを音を立てて開いてみせたのである。

＊　＊　＊

そんなことがあってから、一ヵ月あまりしたころだろうか。

容子が右手に大きな包帯を巻いてきたことがあった。あのあとも、彼女は掃除に来ていたのだろうが、いつも注意して見ていたわけではないし、いても気づかなかったのかもしれない。

もちろん、仮に気づいたとしても、柴田から声をかけるつもりなどなかったし、容子は容子で、話しかけてくることもなかった。

一応は分をわきまえているというか、彼女なりの気遣いがあったのかもしれない。さすがに議事堂の清掃を請け負うぐらいの会社だけあって、それなりのスタッフ教育も行き渡っているということではないか。

容子の側は、何人かでの交替制のようで、柴田のほうも、普段はほとんど議員会館にある代議士の部屋に詰めていることが多い。さらに、この世界では昔から「金帰火《きんきか》来《らい》」と呼ばれるように、委員会が終わる金曜日の夜には地元に帰るのが習慣になっている。

柴田も、代議士に付き添って週末は支援者たちをくまなくまわり、委員会の始まる火曜日の朝にまた東京に戻ってくる。そんな生活だから、どちらにせよ容子と顔を合わせることのほうが稀《まれ》だった。

「どうしたの、その手」

思わず声をかけたのは、物々しいほどの包帯が目についたのと、そのときやはり部屋にはほかに誰もいなかったからである。もっとも容子の包帯を見るまでは、以前言葉を交わしたこと自体を、ほとんど忘れていたぐらいだった。

「それがね、聞いてくださいよ、柴田さん」

驚いたことに、容子はこちらの名前を親しげに呼んだのだ。もちろん柴田から名乗った覚えは一度もない。おそらく、いつも掃除をしながら耳を澄まし、この部屋での話を聞いていたのだろう。内心では苦々しく思いながらも、柴田はやはり邪険にはできなかった。

「夫婦げんかでもしたんだろう」

柴田の冗談に、特段の意味はなかった。

「嫌ですね、柴田さん。夫婦げんかをしようにも、亭主はもう五年も前にあっちに逝っちゃってます」

息子夫婦と、二人の孫と同居しているというのだが、そんなことになど柴田はまったく興味もない。孫との暮らしは楽しいが、息子の嫁とはうまくいっていないとか、一日中嫁の顔を見ているのが耐えられないから、こうして働きに出ているのだと言われても、応《こた》えようもなかった。ただ、容子にしてみれば、声をかけられたのがよほど嬉《うれ》しかったのだろう。その朝は妙に馴《な》れ馴《な》れしくて、自分の暮らしについてもあれこれ語ってくるのだった。嫁さえいなければ、自分も家でのんびり孫の世話がしていられるのにと、執拗に愚痴を聞かされ、辟易《へきえき》するばかりだ。

それにしても、柴田の母親ぐらいの年齢で、こんな肉体労働をしているのだから、暮らし向きは大変なのだろうと同情していたのだが、目黒に息子家族と一軒家を構えているというから、意外な気がしないでもない。

「で、ネズミにね、やられちゃったんですよ」

容子はそう言って、ぐるぐる巻きにした包帯を柴田の目の前に差し出した。

「ネズミ？　本当は、家でその嫁さんとやりあったんじゃないの？」

柴田がついそう言ってからかったものだから、容子は烈火のごとく怒り出した。

「あら、失礼ね。柴田さんはご存じなかったたですか。本当にでっかいのがいるんですよ、ここには。だから退治しようと指でつまんだら、嚙《か》まれちゃったんだわ」

包帯を巻いた手を柴田の目の前でひらひらと揺らしながら、容子は睨《にら》みつけてくる。

「嚙まれた？　それは勇ましいね。ネズミと格闘したわけだ」

笑いながら柴田は言った。変な女だとは思っていたが、知れば知るほど度が過ぎてくる。

「だって、頭に来ますでしょ。このぐらいはありましたかね、大きなネズミでした。いいえ、尻尾《しっぽ》までいれると、このぐらいかな。あいつはボスですよ、間違いないわ」

両手で、四十センチばかりの長さを示して、悔しげな顔をしてみせる。

「おいおい、大げさだな。そんなネズミなんかいるもんか」

「ほら、やっぱり知らないんだ。いるんですよ、柴田さん。うちは住まいが目黒なんですけど、いまどき都内の住宅街にもハクビシンが棲《す》むご時世です。あちこちに糞《ふん》をばらまいて、汚いったらありゃしないし、だいいち不潔でしょ。それに、夜な夜な国会議事堂のなかをネズミが跋扈《ばっこ》しているなんて、マスコミに書かれたら冗談にもなりませんでしょう？」

　さも憎々しげにそう言うと、容子は小鼻を膨らませた。なんとネズミが跋扈ときた。そんなものが記事になるか、と言ってやりたかったが、彼女があまりに真剣なので、柴田はまたも黙っていた。

「だからなんとしても退治したくて、夜中にこっそり捜索したんです」

「夜中にだって？　よくここにはいれたね」

　そんなこと警備が許可するわけがない。どうせ半分は作り話だと、柴田は端《はな》から信じていなかった。

「でね、ついに見つけましたよ、ボスのネズミ。我が物顔で徘徊《はいかい》していました。ばったり顔を合わせたけど、向こうは死に物狂いだしね。窮鼠猫《きゅうそ》を噛む、って言いますでしょ。あれは本当ですよ。で、噛まれたところから黴菌《ばいきん》がはいったらしくて、こんなに腫《は》れ上がっちゃったってわけ」

　まさか、素手でネズミを捕まえたとでもいうのだろうか。容子の話などまともに聞いていたら、こっちまで頭がおかしくなる。

「そりゃまた、酷《ひど》い目に遭ったね。まあ、お大事に」

柴田は、今度も適当に聞き流して、早々に切り上げることにした。

＊　＊　＊

それから二ヵ月あまり、容子を見かけることはなかった。

ふっつりと姿を消したかのように、現れなかったのである。別に心配していたわけではないが、いなければいないで、ふと気がつくと、ついそれとなく目で捜している自分がいる。この前見かけたときは、とても元気そうではあったが、所詮《しょせん》はあの歳だ。もしかしたら傷が悪化したのかもしれない。それで病欠でもしているのではないか。

と、そんなことを考えていた矢先のこと、ある朝、容子が柴田に会いにやってきた。

いつもどおりの作業着姿だが、掃除機もコロコロもなにも持ってはいない。傷は治ったのか右手に包帯はなかった。その代わり、親指の付け根から手の甲にかけて、ピンク色をしたケロイド状の傷痕《きずあと》がはっきりと見てとれる。

ネズミの歯形が、そこまで酷く痕になるのか、そもそもネズミの口がそんなに大きいものかどうかも、柴田には判断のつけようがない。化膿《かのう》したとは言っていたが、相当深刻な傷だったことだけは窺《うかが》えた。

「いま、ちょっとよろしいですか、柴田さん」

手の傷を隠すわけでもなく、さらにはいつにない真顔で、容子はこちらをじっと見つめてきた。

「やあ、久しぶりだね。包帯は取れたんだ。よかったね。でも、まだ痛そうだけど」

「あ、この傷？　これはもういいんです。ここんとこずっと夜中のシフトだったもので」

そのときになって、容子はようやく恥ずかしそうに手を後ろに隠した。

「で、どうした。なにか、私に話でも？」

幸い部屋にはほかに誰もいない。それを確かめてから、柴田は彼女に椅子を勧めた。

「長いあいだお世話になりましたが、私、辞めることになりました。今日はお礼とそのご報告をと思いまして」

「辞める？」

「はい。家にいて、息子や孫たちの世話をしてやらなきゃいけないんで」

「孫の世話なんて、お嫁さんは？　そうか、和解したんだ。よかったじゃないか」

別に知りたかったわけではないが、話には弾みや流れというものがある。それに、仲直りしたらしたで、彼女にとってもそれに越したことはない。経済的に困っていないのなら、年齢のことを考えて、楽をしてもいいころだ。

「違いますよ。冗談じゃない。いなくなったんですよ。突然、帰ってこなくなったんです」

容子は思い出したくもないという顔をして、かぶりを振った。

「帰ってこない？　まさか、家出でもされたのかい？」

そんなふうに言われたら、誰だって訊《き》きたくなるだろう。容子の家庭に立ち入るつもりなど毛頭ないが、柴田はつい問い掛けていた。

「さあね。まったく誰とどこへ行ったんだか、私にはさっぱりわかりません。だけど、とにかくある晩から、失踪《しっそう》したんです」

吐き捨てるような言い方だった。

「そうだったの。それは大変じゃないか」

ほかに言いようがなくて、柴田は容子の顔を覗《のぞ》き込んだ。

「そうなんです。大変なんですよ。だから、私が家にいてやらないと、たちまち暮らしていけなくなります。息子は会社がありますしね。私が仕事を辞めて、掃除やら洗濯やら料理やら、家で孫たちの世話を全部してやることになりましてね」

口では迷惑そうに言うものの、容子はひどく嬉しそうだ。

「それでね、柴田さんはいい人だし、特別お世話になったから、辞める前に、あなたにだけはお教えしておこうと思いまして」

「教えるって、なにを？」

「ネズミですよ。ネズミ。だって、また出てきたら困るでしょう？」

「え、どういうこと？」

「ですから、退治する方法です。最近、すっかりいなくなったでしょう？　私が全部やっつけたからです」

「そうなの」

「そうですよ。気づかなかったんですか？」

そんなことを言われても、わかるはずがない。だいいち、ネズミの退治法なら、総務だとか、清掃管理だとか、それなりの担当者に伝えておけばいいはずではないか。

「ですからね、議事堂にはもうネズミは一匹もいなくなりました。凄《すご》い方法を見つけちゃって、私が全部始末したんです」

「始末？」

それもまた、どこか妙な言い方である。

「ええ、だからこれからそのことを柴田さんにこっそりお教えしようと思って、それでここに来たんです。でも、このことは誰にも内緒ですよ。だって……」

容子は、自分から言い出しておきながら、そこで一旦《いったん》言葉を切った。決心してここまで来たものの、最後の最後でまだ少し躊躇《ためら》いがある。そんな顔をして、言い淀《よど》んでいる様子だ。

「いいよ、そんなこと。なにも僕に無理して話さなくても」

柴田がそう言って首を振ると、容子はようやく心を決めたようにうなずいた。

「いいえ、やっぱり話します。今後のためにも、柴田さんにだけはお伝えしておいたほうがいいでしょう。柴田さんも、絶対聞いてよかったと思うはずですからね。実は、話というのは、私が見つけた穴のことなんです……」

打ち明けるのは特別のことなのだ。柴田に対する信頼があるからこそ話してやるのだと言わんばかりの態度である。秘密めいてはいるが、毅然《きぜん》としていて、とにかくなにかただならぬ気配がある。

「穴？」

柴田は興味を引かれて、容子の顔をじっと見つめ返した。

＊　＊　＊

「まずね、議事堂にはいくつも穴があるんです」

容子は静かに話し始めた。

「穴っていうと？」

「見たことがありませんか、柴田さん。私たちが掃除機をかけているところを。長いホースを壁の穴に繋《つな》いでいるでしょう？」

「そうだったっけ？」

そんなところなど、わざわざ注意して見ているほど暇じゃない。そう言いたいのを、柴田はぐっと堪《こら》えた。

「もう、嫌だわ柴田さん、そんなことも知らないんですか。ちょっと、私と一緒に来てください」

あきれたように容子は言い、さっさと椅子から立ち上がった。そして、廊下に出ると、すぐそばにある柱のところで手招きをした。

「ほら、ここ、この穴ですよ。いまは蓋《ふた》がしてあるけど、これを、こういうふうに取ると、バキュームになっているんです」

大理石の柱の根元、床から少しあがったところに、直径数センチほどの穴が開けてあり、頑丈そうな金属の蓋がしてあるのが見えた。蓋には矢印が彫ってあり、左に回転させると開くようになっているらしい。

それにしても、こんなところにこんなものがあるなんて、長年ここで働いてきたはずなのに、気づきもしなかった。

「この蓋をね、こうやって取って掃除機のホースを繋ぐと、ゴミを吸引できるんです。バキュームは常時作動していて、いつでも掃除ができますし、ゴミは一箇所に集まりますから、いちいち捨てる手間が省けるんです。この穴は、議事堂のなかのあちこちに設置されています」

「ああ、なるほどね。だからいつもあんなに長いホースだったんだ。だけど、この穴がどうかした?」

なにが言いたいのか、まだ解せなくて、柴田は首を傾げてみせる。答える前に、容子は思わせぶりにあたりをぐるりと見まわし、もう一度先に立って、さきほどの部屋まで戻ることになった。

「いいですか、一回しか言いませんので、しっかり聞いてくださいね。それから、誰にも言わないこと」

さっさと椅子に腰を下ろし、柴田も座ったのを見届けてから、容子はおもむろに口を開いた。さっきまでより格段に声を落とし、囁《ささや》くような言い方だった。

「どこの穴でもいいわけではありません。エレベーターから降りて、少し行ったところの第十九控室です。あそこの扉の下にある穴に限ってなんです」

「だから、その掃除機の穴がどうしたっていうのよ?」

容子の顔があまりに真剣なので、つい茶々をいれたくなってしまう。

「しっ、黙って最後まで聞いてください。一回しか言いませんからね」

聞き取れないほどの低い声だ。もったいぶったふうにそう囁いてから、容子はもう一度ぐるりと首をまわして、注意深くあたりを窺《うかが》った。そして、誰もいないことを確かめてから、またおもむろに口を開いた。

「いいですね。時間帯も限られているんです。とっても苦労してその法則《ルール》を発見したんですから、しっかり覚えておいてくださいよ。その特別な時間というのは、金曜日の夜、深夜の零時十三分から、きっかり五十五秒間だけなんです」

まるで、秘密の暗号でも打ち明けるような顔である。

「だから、それがなんなのよ？」

ルールだの、苦労して発見しただのと、なにをそんなに大げさに言うのだろう。柴田は気乗りのない声で言った。

「その時間を過ぎると、穴は役立たずになります。というより、普通の穴に戻るんですね。それが可能かどうかは、音でわかります」

「音？」

容子がなにについて話しているのかさっぱり見当もつかず、柴田は忍耐力の限界を覚えた。こんなどうでもいい話に、いつまでつきあわされるのか。

「選択権は穴にあります。穴が自分で判断します」

「選択権？　だから、いったいなんのことよ。穴が判断するってどういうことなのさ」

いい加減あきれた顔をしてみせた。だが、容子は気にも留めない様子で、先を続ける。

「準備ができたときだけ、穴が教えてくれるんです。聞いていればすぐにわかります。確実に音が変わりますからね」

「穴が教えてくれるって、なにを？」

馬鹿ばかしく思いながらも、つい訊《き》いてしまう。

「ですから、そのときになると、あそこはなんでも吸い込んでくれるんです。でも一メートルじゃ無理ね。六、七十センチ以内ってとこかしら、正確に言うと六十六センチが境界かしら。そのあたりまで近づければ、あとは一気よ。大きさには関係ありません。だって、私はこんなに大きなネズミだって吸い込んでもらいましたからね」

容子は、またこの前のように両手で四十センチほどの長さを示してみせる。

「前に君の手を嚙《か》んだヤツ？」

「そうです。たぶん、時間さえ間違えなければ、どんなサイズのものでも大丈夫だと思います。いえ、なんでも吸ってくれるわけじゃないわ。どうしようもないヤツ、迷惑なもの。この世には要らないもの。消えてほしいもの。そう、悪いものとか、悪いヤツだけ、消してくれる。あの穴はそういう穴なんです」

　容子はどこまでも正気だった。

「おいおい、待ってくれよ。あんな小さな穴がそんなものを吸うってか」

　そんな話を信じろというほうが無理である。

「本当なんです」

　容子はつゆほども動じない。

「まあいいさ。百歩譲って、仮に吸い込んだとしてもだよ。そのあとどうなるのさ。壁のなかで管が詰まっちゃうだろうが」

「そのあとのことまではわからないわ。ゴミの集積場所にも行ってみましたけど、なにも落ちてはいませんでした。管の途中で消えちゃうのかも」

「そんな馬鹿な」

　こうなると、柴田には笑うしかない。

「一度柴田さんもやってみればいいんです。自分の目で確かめるのが一番ですから」

　容子はどこまでも押し通したいらしい。

「穴が、自分で呑《の》み込むだと？　自分の直径よりはるかに大きいものをかい」

　茶化すように言って、柴田は笑いながら容子の目を覗《のぞ》き込んだ。一重の目が、ひたとこちらに向けられている。

「まあ、いいです。わかるときがくればわかることだから。とにかく、私が話しておくことはこれで全部よ」

容子はすっかり満足したように言う。

「もう、私は二度とここに来ることはないと思います。柴田さんもどうぞお元気で。いろいろとお世話になりました。議事堂で働いてもうずいぶんになるけど、声をかけてくれた人なんてほかに一人もいなかったから、正直とっても嬉《うれ》しかったの。いい思い出ができました」

殊勝な顔になって、頭も下げる。

「そうか。容子さんも元気でね。息子さんに大事にしてもらうんだよ」

これが最後だと思えば、優しい言葉のひとつもかけてやれる。

「はいはい。柴田さんも、あんまり先生にいじめられないように気をつけてくださいね。そういえば、下膨れで、粗挽《あらび》き肉のハンバーグみたいなほっぺのあの先生、最近どんどん肥《ふと》ってきたよね。財務副大臣だったころは貧相で、死に神みたいな顔だったけど、いつの間にか副幹事長になっちゃって、ふんぞり返っているじゃないですか。近ごろの政治家って、ころころ変わっちゃいますからね。あの先生もドサクサにまぎれて、いずれは大臣の椅子とか、いいえ、きっとその上まで狙っていくんでしょうよ」

少し前までは代議士と秘書の見分けすらつかなかった容子が、いまはいっぱしの口をきくようになっている。だけど、代議士がハンバーグみたいな顔だというなら、さしずめ容子の顔は塩むすびじゃないか。柴田はそう言いたい気持ちをぐっと抑えた。

「偉くなるにつれて、人間って人相が変わってくるのね。でも、あの先生のいじめがこの先もまだ酷《ひど》くなるようなら、柴田さん、いっそあの穴にお願いしちゃいなさいな」

冗談とも真面目ともつかない顔でそう言って、容子は意味ありげに片目をつぶってみせた。

「おいおい」

「ふふ、冗談ですよ。それでは、ごきげんよう」

容子はおもむろに立ち上がった。

そして、こちらに背を向ける前のほんの一瞬、彼女の細い目のずっと奥のほうで、なにかが妖《あや》しげに動いたような気がして、柴田は思わずぞくりとした。

＊　＊　＊

容子を見送ったあと、柴田はいつものように仕事に戻った。だが、しばらくして、ふと思い直して立ち上がり、廊下に出た。容子が言っていたことを、この目で確かめてみたくなったからだ。

それにしても、どうして見落としていたのだろう。その気になって探してみると、あるわあるわ、廊下のいたるところに例の穴が備え付けられている。もちろん毎日の掃除に使うためのものだ。

柴田は天井の高い三階のフロアを、廊下に沿って憑《つ》かれたように見てまわった。レトロなシャンデリアのあるフロアの角、共産党記者クラブの扉の斜め下など、床面から数センチあまり上がった位置、黒っぽい大理石の部分に穴は数えきれないほど穿《うが》たれている。

そして、やはり容子が言っていたように、議事堂の内装は歴史の重みと国家の権威を感じさせた。日々の仕事に追われて、天井など見上げたこともなかったが、精巧なステインドグラスがあるかと思えば、白い漆喰《しっくい》壁にはレリーフが設《しつら》えられ、足下には織りを施した赤い絨毯《じゅうたん》が敷かれている。

この議事堂のなかを、どれだけの歴史上の人物が歩いたことだろう。ときに権力をほしいままにし、仲間とともに鬨《とき》の声を上げ、ときには夢なかばにして足を掬《すく》われて、何人の政治家たちが失意のままに去っていったか。

ひとわたりフロアを歩きまわったあと、柴田はくだんの第十九控室の扉にたどり着いた。足下にあるのが容子の言っていた穴だ。だが、どこから見ても、ほかの穴とまったく変わりがない。いやむしろ、人目を避けるようにひっそりと、控えめにすら見える。

周囲に誰もいないのを確かめてから、おそるおそる蓋《ふた》を取ってみると、なるほどずっとバキューム音がする。地の底まで続くような低い振動音が廊下に響く。

上着のポケットから手帳を取り出し、なかのページの隅を破って、穴の前にかざしてみた。結構な吸引力だ。ばたばたとはためいていた紙片は、柴田が指を離すと、あっという間に穴のなかに吸い込まれて消えた。

柴田は、またも背中に寒気を覚えた。

だが、考えてみると当然のことだ。掃除機として機能している限り、紙きれを吸い込むなど当たり前のこと。

ふん、なにを怖れているのだ、柴田毅。両手で頬を叩《たた》きながら、柴田は自分に言い聞かせた。あんな女の戯言《たわごと》に惑わされることはない。

＊　　＊　　＊

忘れようと思った。いや、もう忘れたつもりだった。

だが、そんなふうに考えること自体が、容子の話に囚《とら》われてしまっている証拠ではないか。なかでもとくに代議士について言った容子の言葉が、どうしようもないほど膨らんで、頭のなかを占領するようになっている。

だったら、いっそ試してみたらいいのだ。自分の目で確かめて、あれはただの戯言、容子の突飛な想像の産物であることを証明したら、それで終わる。つまらない妄想からも解放されて、スッキリする。

柴田はそう考えたのである。

これは実験だ。自分にそうも言い聞かせた。容子の嘘を実証するためにやることなのだから、なにも責められることではないと。

チャンスは意外なほど早くやってきた。

ねじれ国会が取り沙汰《ざた》され、このところ与野党の審議が紛糾することは珍しくなくなっている。それでも、まともに議論が白熱するならまだマシで、その日は、審議が開始する前から揉《も》めていた。

結局、午後に予定されていた国会は、野党のボイコットで遅れに遅れ、三時半には禁足。つまり、永田町《ながた》用語で言うところの「外出禁止」の事態となり、やっとのことで本会議が始まったのは夜の九時からということになってしまった。

そんなことでもなければ、代議士が夜中の零時過ぎに議事堂内に居残ることなど滅多にない。だが、散会になったときは十一時半をまわっていたのだから、柴田にしてみれば千載一遇のチャンスということになった。

そうか、神様は早く目を覚ませとおっしゃっているんだ。柴田はそう解釈した。あんな虚言癖の女に、いつまでも振りまわされていてはいけないと、神様が背中を押してくださったのだと。

でなければ、いくらなんでもこんなに早くこういう状況が起きるはずがない。

それは、まるで巧妙に謀ったような、絶妙なタイミングだった。

与野党間で紛糾した本会議が終わったのが、もしもう少し遅ければ、他の人間がいたからこうはいかなかっただろう。もしもう少し早く終わっていたら、もちろん代議士はさっさと議事堂をあとにしていた。

だが、まるで潮が引くように幹事長室から人がいなくなり、翌日の打ち合わせを終え、ちょうどいい具合に代議士と二人でエレベーターに向かったのが、深夜の零時を少しまわった時刻だった。

「遅くまでお疲れさまでした、先生」

荷物を持ち、代議士に声をかけて後ろを歩きながらも、柴田の心臓は極限まで音を立てていた。この廊下をもう少し行き、角を曲がればあの穴がある。そう考えるだけで、足が震えた。

なにも知らない代議士は、もちろんいつものように大股《おおまた》で歩を進める。そのふんぞり返った後ろ姿を見ながら、柴田はまたも心のなかで繰り返していた。

これは実験だ。容子の嘘を実証するためにやることだと。

たしかに、自分はこの代議士のために何度も危ない橋を渡ってきた。

柴田が秘書に雇われたのは、証券会社勤めの経験を買われたからだ。それは最初からわかっていた。だから、そのときの人脈を活《い》かして、詐欺まがいのような資金集めをやらされたときも、仕方がないと思って懸命に走り回った。なにも望んでやったわけではない。たしかに、全部自分から言い出したアイディアではあったが、柴田毅という存在を代議士に認めさせるためには、ああするよりほかになかったのだ。

勤務先で人員削減に遭ったのだから、あのときはどんな仕事でも贅沢《ぜいたく》は言えなかった。一歩間違えればインサイダー取引になりそうな投資や、昔の知り合いの海外のヘッジファンドを通して、ほとんど脱税行為に近いこともやった。

地元から押し寄せてくる陳情団には手を焼いた。経営悪化に苦しむ中小企業の社長たちからも、ずいぶん泣きつかれた。だから、大企業との業務提携話を進めてやったりもした。証券マンとしてアポを取ろうとしたときは、電話にさえ出ようとしなかった人間が、代議士の名前を口にした途端、尻尾《しっぽ》を振ってくる。

対等合併だの、シナジー効果だのと聞こえのいい単語を並べてやれば、話はおもしろいほど進捗《しんちょく》を見せた。それにしても、最後は中小企業が餌食《えじき》になるだけだと、どうして気づかないのだろう。歳月をかけて苦労の末に得た技術力も、結局は使い捨てになるだけだと、わからない経営者が悪いのだ。

もっとも、漁夫の利を得るにはこれ以上の好機もない。代議士の名前は決して表に出ないよう細心の注意を払いながらも、そうしたインサイダー情報でどれだけ稼がせてもらったことか。合併の思惑で株価が上がるときは「買い」で、あるいは、期待外れで株価が急落するときは「空売り」で、両方で儲《もう》けるのがプロというものだ。

とはいえ、一部始終を報告しても、代議士はうなずきもしなかった。もちろん聞こえていなかったわけではない。うなずいたら、加担していたことになるのを知っているからだ。

「いいか柴田、いくら綺麗事《きれいごと》を言っていても、政治はカネがかかるんだ。だけどな、みんな君のためになることなんだぞ。私の地盤はいずれ君のものになるんだから」

代議士は、そのつど口癖のように繰り返した。政治家は、口先ひとつで人を使うのが上手《うま》い。内心そうは思いつつも、自分はその言葉を信じた。いや、信じたからこそやったのだ。どうやったら表沙汰にならないか、どういう流れにすれば合法的か、一心に法律を学び、死に物狂いで会計学を勉強した。

もっと前にここまで頑張っていたら、なにも証券会社をリストラされることはなかったのかもしれない。人生というのはなんと皮肉なものだろう。だが、柴田のそんな思いを見透かしたように、代議士はまたも繰り返す。

「なあ、柴田。私はもう歳だ。早く引退して、楽をさせてもらいたいよ」

それも、いつもの彼の口癖だった。柴田はその言葉も信じたのだ。ただ、それは周囲に引き止めてもらいたいがゆえだと気がついたのは、いつごろからだろう。

「なにをおっしゃいます、先生にはまだまだ頑張っていただかないと」

そんなふうに周りの人間に言わせたいがために、ことあるごとに引退を口にするだけで、本当は秘書ふぜいに継がせる気など最初からなかったのではないか。それに、あんな言葉を信じて悠長に待っていたら、そのうち代議士の息子がその気になって、地盤を継承することになるかもしれない。

ミュージシャンだの俳優だのと、いまは夢のようなことを言っているが、そのうち親父のあとを継いで立候補するなどと、言い出さないとも限らない。だが、あの息子がなにをしてきたというのだ。なにひとつ苦労もせず、遊んでばかりいた息子が地盤を継いだりしたら、それこそ地元民も不幸になる。それに較べると、自分には権利がある。代議士のためにあれだけ泥をかぶり、みずからの手を汚して資金を作り、一途《いちず》に代議士のために働いてきたのだから。

いまがチャンスだ。そうだ、いまのうちだ。いや、もういましかない。

柴田はなにか得体の知れない力に急《せ》かされるようにして、穴の力を信じて、賭《か》けてみることにしたのである。

＊　＊　＊

先回りして、穴の蓋《ふた》を開けるときは、これまでの人生でもっとも緊張した。

ブーンと穴が空気を吸い込む低い音は、代議士のあとに続いて廊下を行くかなり手前からでも、はっきりと聞こえてきた。

そして、あともう少し、穴のあるところまでほんの十メートルというところまで来たとき、あきらかにその音が変わったのである。

ふっふっふっふっふっ……。

低いけれど、小刻みに途切れる音。どこかで人が嗤《わら》っているように聞こえなくもない。反射的に腕時計に目をやると、零時十三分を指していた。

ぴったりだ。やっぱり穴のことは本当だった。容子が言っていたとおりだ。穴が教えてくれている。

「なんだ、あの音は？」

代議士が立ち止まり、振り返りざまに訊《き》いてきた。柴田の喉《のど》がごくりと鳴った。

「え、音？　なにか聞こえますか？」

さすがに少し狼狽《うろた》えたが、咄嗟《とっさ》にそんな言葉が口をついて出た。

「空耳か」

「またいつもの耳鳴りなんですね。今夜は遅くまで大変でしたから、お疲れなんでしょう」

「いかんなあ。やっぱり私も歳だ」

「いえいえ。こうお忙しくては、若い者でも疲れます。さあ、早くお帰りになって、今夜はどうぞゆっくりとお休みになってください」

動揺を隠し、平静を装って、先を急がせる。そうでもしないと、じれったいほどゆっくりとした代議士の歩き方では、穴が生きている時間に間にあわないかもしれないからだ。柴田の全身に汗が噴き出し、背中を伝うのがわかった。

穴に近づくにつれて、足がガクガク震えてくる。もはや、自然に歩を運ぶことすらおぼつかないぐらいだ。胃のあたりが締めつけられるようで、眩暈《めまい》すらしてくる。

穴は目の前だ。口を開けて、いまかいまかと待っている。

バイバイ、先生。あんたはもう終わりだ。さっさと消えてくれ。

不意に、さっきまでの嗤うような声が消えた。我慢できず、柴田はその場で思わず目を閉じた――。

* * *

肩を強く揺すぶられ、柴田はおそるおそる目を開けた。

「おい、どうした。顔が真っ青じゃないか」

すぐ目の前に、代議士の脂ぎった顔がある。

「あれっ、先生。大丈夫ですか？」

「なにを言っとるんだ。具合が悪いのは、君のほうだろうが。大丈夫なのか」

きょとんとした目をして、代議士がこちらを見つめている。

いったいなにが起きたのか、わからなかった。いや、正確には、なにも起きなかったのである。ほんの一瞬、気を失っていたのかもしれない。代議士は、もちろん柴田の企《たくら》みに気づくはずもなく、無事に穴の前を通りすぎて、下りのエレベーターに乗りこんだ。

なにもなかったことを安堵《あんど》すべきか、それともがっかりするのが正しいのか。代議士に続いて、慌ててエレベーターに乗ったものの、柴田の頭は激しく混乱していた。やはり容子の話がまったくの嘘だったのか、それとも自分のやり方が間違っていたのか、どう判断すればいいのだろう。

地下一階まで行って、エレベーターを降り、静まり返ったエントランスを抜けた。朦朧《もうろう》とした頭のままで、議事堂と議員会館とを結ぶ地下通路を代議士と並んで歩きながらも、柴田はひたすら自問した。

やはり容子にかつがれたのだ。そう考えるのが妥当だろう。だけど、そうだとしたらなんのためだ。いったい容子がどうしてあんな話をわざわざ言い残していったのか。そもそも彼女は自分になにをさせたかったのか。それをしっかりと突き止めないと、このままでは振りまわされるだけだ。

必ずあばいてやる。

どんな手段を使ってでも、真相を突き止める。

あくびばかり連発している代議士を横目で見ながら、柴田は固くそう心に誓った。

＊　　＊　　＊

手掛かりは、警備部門で管理している訪問者記録のなかに見つかった。

ここにいたるまでは、大変な忍耐力とフットワークと、なにより執着心が必要だったが、穴の疑惑に取り憑《つ》かれた柴田はついに見つけたのである。

容子はあの四日前、つまり、わざわざ退職の挨拶《あいさつ》にやってきて、あの穴の話をしていった日の四日前の深夜に、間違いなく議事堂にはいっていた。

「ああ、あのおばさんね。覚えていますよ。ええ、たしか忘れ物をして、どうしてもその日のうちに取りに来ないといけなかったんだって、えらく泣きつかれましてね」

その夜の警備を担当していた男を探し出して、話を聞くことにも成功した。

「忘れ物を？」

「そうなんです。銀行の通帳だったか、年金手帳だったか、詳しいことは忘れましたが、なんかそういうものだったと記憶しています。とにかくえらく慌てているようで、お金に関わることだから、どうしてもなかに入れてほしいって言うんです。夜のうちに持って帰っておかないと、次の朝に間にあわないとかってね。私は、もちろん無理だと断ったんですよ」

「それでも、強引に押し通したんですね」

「ええ、こんなこと、例外中の例外ですよ。あとにも先にも一度もありません。ですから、どうか上にはご内密に」

男はあたりを窺《うかが》い、声を落として懇願した。

「翌朝に間にあわなかったら、あんた弁償してくれるのか、なんて凄《すご》まれると、仕方ないでしょう。なので、内緒でそっとね。まあ、ほんの十五分かそこいらのことでしたから」

「彼女は、そのとき一人でしたか？」

核心に触れる質問だ。柴田はドキドキしながら答えを待った。

「いえ、若い女の人と一緒でしたね。玄関で待たせておくのも可哀相だから、連れていってもいいかって言われて」

「やっぱり……」

柴田の心臓がさらに大きな音を立てる。思ったとおりだ。容子はその夜、やはり嫁を連れてきたのである。

「それで、彼女が帰っていくところは見ましたか？」

「そりゃあ、もちろん」

男はこともなげに言う。

「二人とも？　間違いなく、一緒に連れ立って帰って行ったんですよね？」

「当然でしょう。二人で来たんだから、二人で帰って行ったはずですよ」

「はず？　では、あなたはその姿を見ていなかった」

「いえ、見ましたよ。いや、警備日誌をつけていたから、厳密に確認したかと言われると、まあそれはちょっと……。でも、二人で来たんだから、二人で帰ったに決まっているでしょう」

「わかりました。もう結構です。お手間を取らせました」

そこまで聞ければ十分だ。柴田は礼を言い、この話は誰にもしないからと約束もして、その場を去った。

＊　＊　＊

柴田は確信した。

容子は、あの穴の前に立たせるため、強引に嫁を連れてきたに違いない。夜中で怖いからついて来てほしいとか、こんなことでもなければ国会議事堂のなかなど見られないよとか、あの女ならなんとでも相手を言いくるめるだろう。

そして、あの場所まで連れていき、帰りは一人で出ていった。その夜から、容子の長年の願いどおり、嫁は穴のなかに姿を消し、息子と孫たちをその手に取り戻した。

そこまで考えたとき、突然容子の言葉が蘇《よみがえ》ってきた。あの怪しげな目も浮かんでくる。

「どうしようもないヤツ、迷惑なもの。この世には要らないもの。消えてほしいもの。……悪いものとか、悪いヤツだけ、消してくれる。あの穴はそういう穴なんです」

容子はたしかにそう言った。

そうか。そういうことか。つまり、あの穴に託せばいいのだ。

なにも自分が手を下すわけではない。実際には、自分がこの手で代議士をどうしようというわけでもないのである。すべては穴の采配《さいはい》。穴がみずから決めてくれるわけだ。

たまたまそこを通りがかっただけで、悪いヤツを「始末」してくれるのは、あの穴自身なのだから、こちらは罪の意識を持つ必要などないのだ。

もう一度、そうだ、もう一度だけやってみよう。柴田は大きくうなずいた。

この前の夜は、穴との距離を間違ったのかもしれない。あれこれ試してみて、厳密なルールがあるのだと容子は言っていたが、六十六センチまで近づくとなると、かなりそばまで寄らなければならないはずだ。

目測で、このぐらいだろうと見当をつけて代議士を誘導したつもりだったが、最後の最後で怖くなって、目を閉じたのが敗因だった。今度はそういうことを防ぐために、穴からちょうど六十六センチのところに、事前にこっそり目印を描いておけばいい。

柴田は、自分の思いつきに満足し、次の金曜日の夜に向けて、周到な準備に取りかかった。

＊　＊　＊

金曜日の国会は、おあつらえ向きに野党がまたもごねてくれた。

懲りないというか、なんというか、代わり映えもせず審議拒否だなどと声高に叫んで喜んでいる野党連中にも辟易《へきえき》するが、それですっかり狼狽《うろた》えて、党内すらひとつにまとめる力もなく、対立の構造に揺れに揺れている与党の弱さと稚拙さには、間近で見ていてもあきれるほかなかった。

鳴り物入りで政権交代が起きても、国会を取り巻く現実にはなんの進歩も改善もない。政治家たちは、所詮《しょせん》は自分の足下しか見ていないのである。ましてや、見ているはずの足下に、実はあれほど危ない穴があることにも、気づいてすらいない。

つまりは、いまこそこの柴田毅の出番が来たということである。柴田は意気揚々と胸を張った。清濁併《の》せ呑む度量と実行力、長年培ってきた現場の経験や、経済の仕組みへの確かな理解。前任者に欠けていたものが、自分にはすべて備わっている。待っていてくれ、日本の政界よ。あと少しの辛抱だ。

それから、今回もしもこの代議士のケースで成功したら、次々とその枠を拡げていくのだ。いまの世の中に蔓延《まんえん》する閉塞《へいそく》感の元凶である、ワルの「始末」を徹底的に実践していけばいい。なにも躊躇《ちゅうちょ》することはないのだ。すべては穴がやってくれる。

おそらくあの容子も、議事堂のネズミを一掃しながらそんなことに思い至って、今回のことを自分に打ち明けてくれたのに違いない。

そこまで考えると、柴田は込み上げてくる笑いが止まらなかった。

長年仕えてきた代議士のほかにも、該当する政治家は数多《あまた》いる。柴田自身が直接関係していなくとも、目に余るような存在は、並べ立てればきりがないほど、この議事堂にはあふれている。

だからこそ、自分のような実務能力のある若い政治家がこの国には必要なのだ。口先ばかりで、なにもできない彼らなど、この際思い切って一掃し、政権交代ならぬ、総取っ替えをすればいい。すべては、ほかでもないこの国のため、なにより国民のためだ。

その夜、議場に向かう代議士をうやうやしく送り出したあと、目印をつけておくため、柴田は穴のそばに向かった。

もちろん蓋《ふた》は閉まっていて、あたりはしんと静まり返っている。周囲に人がいないのを再確認してから、小さなメジャーを出して測ってみると、なんと赤い絨毯《じゅうたん》の上のちょうどそのポイントに、かすかに印があるのを発見した。

くだんの穴を半円の中心にして、半径六十六センチの弧を描くように、赤い絨毯の上に数箇所、小さな黒い点のようなものが描いてある。目を凝らさないとわからないし、ましてや、その意味を知らない者なら気づきもしない小さな目印だが、それがなんのためのものかは言うまでもなかった。

容子も同じことを考えていたのだ。この目印を頼りに、穴をかなり頻繁に使っていたということなのだろう。議事堂に徘徊《はいかい》するネズミを一匹残らず「始末」したあと、最後の仕上げとして、彼女にとって一番大物の厄介者、息子の嫁で穴の判断力や威力を試したのに違いない。

柴田は、うんうんと何度もうなずいた。

そのときの容子の心中が手に取るようにわかる気がしたからだ。こうして同じ苦労をしている者同士、いまは連帯感すら生まれてくるから不思議である。

とにかく、できうる限りの準備は整った。柴田は幹事長室に戻り、ひたすら会議が長引くことを祈りながら、代議士の帰りを待った。

＊　　＊　　＊

一度ならず、二度までも、こんなに絶妙なタイミングに遭遇するなんて、さすがに単なる偶然ではないのだろう。

天網恢々《かいかい》疎にして漏らさず、などと昔の人はいいことを言っている。ときにいまのように世の中がこれほど危うくなってくると、正義を貫かせようとするなにか大いなる力が働くのかもしれない。

歴代の政治家を見守ってきた議事堂の主《ぬし》のような存在が、見るに見かねて自浄作用を働かせ、良からぬものを淘汰《とうた》しようとなさるのだろう。もしかしたら、そんな力の実践役として、自分はある種の高邁《こうまい》な使命を担わされているのではないか。

そんなふうにも感じ、自分がいまから実行しようとしていることへの強い意志と、自信が湧いてくるのを実感した。

柴田の願いが通じたからか、その夜の審議も思いのほか長引いた。

腕時計に何度も目をやりながら、いまかいまかと本会議の終了を待っていたが、代議士はなかなか議場を出て来ない。

十一時半をまわり、四十五分になってもまだ終わらない。このままでは、せっかくの好機を逃してしまう。時間がない、早く出てきてくれないか。柴田は廊下を行ったり来たりしていた。

重厚な扉が勢いよく開き、やっとのことで議員たちが議場から出てくるのが見えた。

それでも、待っている代議士はなかなか顔を出さない。きっと誰かに呼び止められ、おしゃべりでもしているのだろう。

そんなことをしていたら間にあわなくなる。柴田は気が気ではなかった。

ほとんどの議員たちが秘書たちを伴ってそそくさと目の前から姿を消したころ、ようやく最後のグループのなかに代議士の姿があった。柴田は思わず駆け寄った。

「遅かったですね、先生」

つい責めるような口調になる。

「ああ、すまん。待たせたな、柴田」

よほど審議が難航したのだろう、代議士は疲れ切った顔をしていた。

「いいえ、お疲れさまでした。さ、急ぎましょう、先生。もう日付が変わっています。早く宿舎に帰ってお休みにならないと、本当に身体に障りますから」

「そうだな、ありがとう。いやあまったく、こうまで長いと、年寄りにはたまらんな」

そう言いながらも、相変わらずゆったりと歩く代議士に、柴田はいささか焦りを覚えた。腕時計を見ると、すでに零時を過ぎている。

「後ろから押してさしあげますよ」

焦《じ》れて、代議士の背中に両手をあてると、柴田は思わず力を入れた。

「おいおい、そんなに押すなよ。つんのめってしまうじゃないか」

「すみません。ですけど、そうでもしないと、もう十二時を十分もまわっているんです」

「もうそんな時間か。わかった、わかった」

代議士が歩を速め、柴田も小走りになる。ふと、前方からあの音が聞こえてきた。

ふっふっふっ、と嗤《わら》うような声である。さらに進むと、赤い絨毯につけられた六十六センチのマークが目にはいった。

よし、いまだ。いまなら、すべての条件を完璧《かんぺき》にクリアしている。

悪く思わないでくださいよ、先生。僕のせいじゃないんだから。これは議事堂の主が下す鉄鎚《てっつい》なんです。この国のためになることなんだから。心のなかでそう告げて、柴田は意を決して両手で代議士の背中を押した。

と、その弾みか、胸ポケットから万年筆が落ちた。あっと思う暇もなく絨毯の上を転がっていく。悩んだ末に、先月やっと買ったばかりのルイ・ヴィトンだ。領収書で経理処理はしたものの、十万円もした万年筆だ。柴田は反射的に手を伸ばした。

そのときである。突然背後になにか気配がして、首の真後ろ、背広の襟のあたりを、ぐいと鷲摑《わしづか》みにされる感覚があった。

そのまま強く後ろに引っぱられたかと思うと、次の瞬間、目の前が真っ暗になった。

どうした、なにが起きたのだ。

状況がつかめないまま、柴田はありったけの力でもがいた。だが、もがけばもがくほど、狭い煙突のようなところを後ろ向きに墜《お》ちていく。物凄《ものすご》いスピードだ。激しい空気の抵抗と一緒に、耳のそばで、ふっふっふっふっと嘲笑《あざわら》うような声が響いている。

まさか、嘘だろう。

間違いだ。これはなにかの間違いだ。だが、叫ぼうにも、声が出ない。

「あれっ、どこへ消えたんだ、柴田。おい、どこだよ、柴田。なんだ、あいつ、こんなところに万年筆だけ落っことして、先に帰っちゃったのか……」

はるか遠くで、代議士が自分を捜しているような声がした。

日本銀行の壁

職員の欠勤が目立ち始めたのは、いつごろからだっただろうか。

「たしかに、おっしゃるとおりです……」

局長に呼ばれ、指摘を受けたとき、桂木広志《かつらぎひろし》は間髪をいれずにそう答えた。

「そうなんですよ、局長。いくらなんでも病欠が多すぎると、私も気になっていたところでした」

こういうのはたしかに常套句《じょうとうく》だ。なにごとも失点に繋《つな》がらないようにするために、相手の思いをまずはうまく受け止める必要がある。

「はい、局長。いずれにしましても、ただいま原因を調べているところです。早急にしかるべき対策を練って、ご報告いたしますので、いましばらくお時間を」

四十代のなかばになって、このところ急に白髪が目立ち始めたこめかみのあたりに手をやりながら、桂木は神妙な顔をして何度も頭を下げた。言われて初めて気づいたなどとは、総務課長の立場として、口が裂けても言えるわけがない。

ひとまず殊勝な態度でその場を切り上げ、急ぎ足でフロアの隅にある自席に戻ったものの、桂木はすぐには椅子に座らず、立ったままであらためて周囲を見渡してみた。日本銀行本店の四階。パーティションで仕切られた広々とした金融機構局のフロアには、なるほど局長が心配していたとおり、ところどころに空の椅子が目立っている。

まったく、いまの若いやつらときたら……。

桂木はふんと鼻を鳴らしてから、どさりと音を立てて椅子に腰を落とした。

たしかに、言われてみればこのところ欠勤届が増えている。変だなと思わなかったわけでもなかった。だが、そんなことを取り立てて気にするほど暇ではなかったのである。弁解のひとつも言わせてほしいと、喉元《のどもと》まで出かかった言葉を呑《の》み込んで、桂木は局長室から引き下がってきた。

新型インフルエンザだのノロウィルスだのと、近ごろの職員にとっては、欠勤の理由に事欠かない時代になってきた。自分たちの若いころは、『ライフワークバランス』などという言葉は存在すらもしなかった。日頃の残業はもちろんのこと、土日や祝日を返上して出勤することなど、上司に言われなくても当たり前のことだった。とにかくなにより業務が最優先。なんといってもここは銀行のための銀行、「通貨の番人」とも呼ばれる日本銀行なのだから。

日本の金融を守り、物価を安定させて国民生活を守るのが自分たちの職務だ。そのことを優先するのが当然の責務だと信じて疑うことがなかった。

だから、バブルが崩壊して、融資先が経営破綻《はたん》に陥り、膨らむ一方の不良債権を抱えた邦銀が青息吐息になっているときなど、仕事がたてこんでくると昼も夜もない忙しさだった。銀行救済のための「日銀特融」だの、「破綻処理」だのと追い立てられ、自分だけ体調不良だなどとも言っておられず、どんなに無理をしてでも仕事を優先してきたものだった。

だいいち風邪など引いている暇すらなかった。

いや、下手に熱があるなどと言おうものなら、体調管理ができていないからだと上司に嫌みのひとつも言われかねない。そんなことがないように、多少の熱があろうと、トイレに駆け込んで吐きながらでも、平気な顔を装って仕事に邁進《まいしん》したものだった。

それが、近ごろの若い職員ときたら……。

言われて、あらためて眺めてみると、たしかにぽつぽつと虫食い穴でもできたように、空席が散在する。雑然と資料が積み上がり、忙しげに端末機に向かう職員が並ぶなかで、整然と片づいてなにも置かれていない無人のデスクは、まるでその部分だけ温度が低くなっているかのようにひっそりと翳《かげ》りを生じている。

その様子に、なぜかぞくりと寒気を覚え、桂木は思わず身震いをした。

そういえば、豚インフルや鳥インフルという言葉が飛び交ったころからだろうか。

マスコミが騒ぎたてたせいもあるのだろうが、すわパンデミック状態にまで拡大するかとの懸念もあって、ちょっと熱が出ただけでも職員は自宅待機を命じられたりしたものである。

インフルエンザらしいと自宅から電話をかけ、あるいは昨夜の外食先でノロウィルスに感染したようだと連絡するだけで、堂々と、むしろ他の職員のために出勤を自粛してやるんだといわんばかりに仕事を休めるようになってきた。それはなにも日銀職員に限らず、どこの職場でも似たようなものかもしれない。

一、二、三、四、……、

うんざりするような思いで空の椅子を数え始め、桂木は目をしばたたかせた。おや、こんなに休んでいたのか。

十一、十二、十三、十四、……。

もう一度、最初から指を折って数え直し、桂木はごくりと唾《つば》を呑み込んだ。

金融機構局や金融市場局などがある四階のフロア全体の職員総数が三百人弱として、今日はその五パーセント近くが仕事を休んでいることになる。

いくらなんでも、ここまで多いのは異様ではないか。空席を数えていた手を顎《あご》にあて、伸び始めて指先にざらつく髭《ひげ》を無意識に撫《な》でながら思案をめぐらせていた桂木は、おもむろにその手をあげ、少し先に座っている部下を手招きした。

「君、ちょっと来てくれないか」

呼ばれて、素早く椅子から立ち上がったのは、赤峰真也《あかみねしんや》だ。入行四年目の二十六歳。朝の電話一本で、なんの気がねもなく堂々と休みを取る連中と同年代である。

「お呼びでしょうか、課長」

いまどきの青年にしては小柄な男である。百七十六センチの桂木と較べると十センチぐらいは低いだろうか。肩幅も狭いが、細いというより、全体に薄いと形容したい身体つきだ。眼鏡の奥の一重の目と、頬骨の出た青白い肌。しゃくれたような尖《とが》った顎が、彼を嫌でも神経質そうに見せている。

「うん。君にこんな用を頼むのは悪いんだが……」

桂木がすまなそうに話を切り出すと、彼は驚いたような表情を見せ、みなまで言い終える前に、一歩前に乗り出してきた。

「やっぱり課長もお気づきでしたか。欠勤者がここまで多いとご心配ですよね。私のほうから申し上げていいものかどうか、実は迷っていたところでした」

模範解答そのものだ。いささか線の細さは気になるものの、若い部下たちのなかで、桂木がとくにこの男に目をかけてきたのは、こうした勘の良さゆえである。

まったく、いまどきこういう言葉をこのタイミングで口にできるなど、貴重な存在というべきだろう。一を聞いて十を覚《さと》る回転の速さ。いや、それだけではない。一見飄々《ひょうひょう》としていて、決して表には出さないが、奥深くには小柄なゆえの負けん気の強さを秘めている。

それだけにこちらの思いをいちはやく察して、先回りするように、期待以上の反応をして見せる。そんなところも、桂木がひそかに彼を買っている理由のひとつだった。

どちらにせよ得難い男である。彼に任せておいて、うまく報告書を作らせ、局長に提出しておけば今回のことはそれで済む。所詮《しょせん》はその程度の問題だ。桂木は、内心そう思っていたのである。

「さっき数えてみて驚いたよ。なにせ五パーセントもの職員が欠勤しているんだから」

「いいえ、先週の木曜日は三十人でした。本日の倍の欠勤者です」

「え、三十人？　そんなに休んでいたのか」

思わず大声になった。咎《とが》めるような響きになったのにも気がついて、桂木は慌てて顔の前で手を振った。

「いや、なに、誤解しないでくれよ。君たちになにも休んじゃいけないと言っているわけじゃないんだ。体調が悪いときは、仕方がない。お互いさまだしな。しかし、そこまで増えてくると、職務にも支障が出てくるし、周囲の職員への負担も懸念される。

職場の管理責任ということにもなりかねない。そのことを、局長は心配しておられるんだよ」

この時点では、それでもまだ桂木にはさほどの危機感はなかった。局長から言われた手前、急いでやらざるを得なくなっただけである。実態調査について、つまり、このところの病欠者の急増の原因を探ってもらいたいのだと、桂木がざっと説明を始めると、赤峰はまたも即座に切り出した。

「お声をかけていただいて本当によかったです。そのことで、もうひとつ、課長のお耳にいれるべきかどうか、迷っていたことがあったもので」

そんな含みのある物言いをされたら、桂木も訊《き》かないわけにはいかない。

「なんだね」

「課長はご存じでしょうか。実はそのあたりのことで、行内でもいろいろと妙な噂が出ているようなんです」

またも思わせぶりな言い方だ。それにしても日銀にしろ、財務省にしろ、なかで働く職員たちが自分たちの職場を「うちの会社」だの、「わが社」だのと、まるで一般の民間企業のように呼び始めたのはいつごろからだっただろう。

官公庁勤めを悟られるのが嫌なのか、それとも実はその逆で、一般を装う心理の裏に隠しきれない自尊心が潜んでいるのか。微妙な心理の表れには違いないが、口にしている当人たちは、案外たいした意味など感じていないのかもしれない。

「噂？」

その言葉にひっかかりを覚え、桂木はさらに訊いた。たかが職員の休みのことじゃないか。そんなことで、どんな噂が立つというのだ。

「はい。どうも奇妙なパターンがあるというんです」

桂木の思いなど知る由もなく、赤峰はどこまでも真顔で言った。

「パターン？　欠勤する人間にか」

と、問い返したときに、フロアにそなえられたスピーカーから音楽が流れてきた。

午後三時を告げる「日銀体操」のメロディーだ。いわゆるラジオ体操とも少し違う、日銀の行員なら、入行時にまず覚えさせられる独自の「体操」である。以前は行員が揃って体操をするなどという無邪気な時代もあったと聞くが、いまは、誰も体操などする職員はいなくなってしまい、毎日午後三時を告げる、つまり金庫の閉まる時報として聞くともなしに聞き流しているいつものメロディーだった。

そんなものなど耳にもはいらないとばかりに、赤峰は言った。

「そうなんです、桂木課長。もちろん、正確にはもっと具体的に調べてみないとなんとも言えないのですが、欠勤者の増減にある種の法則が見られるというんです」

「法則？　お互いに申し合わせて、仕事を休んでいるとでも？」

それではまさにサボタージュではないか。桂木の声がつい大きくなる。

「いえ、そういうことはないと思います。休暇ではなく、病欠なのは本当のようですから。ただし、理由といいますか、症状といいますか、訴えている内容は妙に共通点がありまして。というか、ほとんど同じなのが気になって……」

「同じ？」

「そうなんです」

よくぞ訊いてくれた、とでも言いたげな顔だ。

「病欠の理由の一番は頭痛。二番が眩暈《めまい》。そして、だるさや吐き気を訴えている者。あとは耳鳴りとか、不快感を口にするなど、皆が皆、声を揃えて言っているのが特徴です」

まるで、今日桂木からこういう指示が来るのを予測して、あらかじめ下調べをしてきたかのような口振りである。それにしても、頭痛や眩暈で休むのは納得できるとしても、不快感とはなにごとか。いまどきはそんな理由で仕事を休むというのだろうか。

「それから、もうひとつですね、課長」

「なんだね、まだなにかあるのか」

もったいぶっていないで、あるなら全部言うがいい。桂木はそんな思いをこめて言った。

「ええ、もっと奇妙なことがありまして、こうした現象がみられるのは、とくにここ、この四階と一階に限られていることなんです」

「なに？　一階と、四階のフロアだけだと？　いったいどういうことなんだ」

なにか特別の事情でもあるというのだろうか。

「わかりません。ですが、それもこれから詳しく調べようと思っていたところです」

一階には一般の個人客も訪れることのできる、いわゆる窓口業務のコーナーがある。汚れたり破損した紙幣や硬貨を新しいものと交換に来る個人客を受け付ける部署だ。それだけでなく、主として銀行を相手にした国債の払い込みや、日銀ネットによる資金決済など、まさに銀行の銀行たる日銀業務の窓口である。

「ちょっと待ってくれよ。少し頭を整理させてくれ。つまり、こういうことなんだな」

桂木は、あらためて目の前の赤峰の目を正面から見据え、あとを続けた。

「ここしばらく、まあ、いつからの状況かもあとで調べてほしいんだが、ともかく最近のこのフロアには、まずは病気で休む行員が目立って増えている。これがひとつだな。しかも、その欠勤理由がほぼ同一。さらには、その現象は一階と四階に顕著にみられる」

それでいいのだな、と念を押すように赤峰を見ると、彼は大きくうなずいた。

「そのとおりです」

「問題はいったいどうしてそういうことが起きているかということだ。その二つの階に、なにか共通点とか、特別な背景でもあると、君は言いたいのかね」

「そのあたりも含めて、いま詳しく調べているところです。どういう原因なのか、いっそアンケートを取るか、個別にヒアリングをして、データを作成してご報告いたしますので」

すぐには結論に結びつけず、そつのない受け応《こた》えをするところなどは、この男のこの男たる賢明さの表れともいえるのだろう。しかも、なんとアンケートにヒアリングときた。彼の利発さを評価してやっていいのだが、どうもこの理屈っぽいところはいただけない。

仕事がら、理詰めで迫ってくるタイプの人種には事欠かない組織ではあるが、部下に持つにはいささか面倒な一面でもある。

「わかった。とにかく赤峰君。なにか見つかったら報告してくれ。よろしく頼んだよ」

とはいえ、あとは彼に任せておけばそれでいい。赤峰のことだ、いずれ詳しいリポートにでも仕上げてくるだろう。それをいくらか端折《はしょ》って、無駄を削り、局長に提出すればそれで済む。

桂木はひとまずそう思って、一息吐いたのである。

＊　＊　＊

朝一番で、局長から電話がかかってきたのも珍しいことだったが、その日はもうひとつ、赤峰が自分の席に戻っていくのを待っていたように、由佳利《ゆかり》からも電話がかかってきた。

「おい、君。困るじゃないか、会社には電話するなって、言っておいただろうが」

極端に声をひそめて言いながら、桂木は自席の周囲にさりげなく視線をめぐらせた。なにか連絡があるときは携帯メールにしろと、あれほど言ってあったはずである。それなのに、携帯に電話してくるならまだしも、わざわざ職場の代表電話を通して堂々とかけてくるとは、どういう了見をしているのだ。

「困っているのは私のほうよ」

受話器から飛び出した歯切れのよい若い声が、桂木の鼓膜に突き刺さってくる。

「いったいいつになったら紹介してくれるの。番組企画はもうとっくに上にあがっているのよ。なのに私はまだ担当者の名前すら教えてもらっていない。日銀はさらに一歩進んだ金融緩和策を宣言したのよね。実際の市場操作《オペレーション》はもうスタートしているわけよね？」

いきなり電話をかけてきて、高飛車な言い方だ。

「バカ、そんなこと、言えるわけないだろう」俺にだって守秘義務というものがある。

桂木は、さらに声を落とした。それに、実際に買入れオペを担当するのは、同じ四階でも金融市場課の担当だ。ただ、そこまで教えてしまうと由佳利は今度はそっちの人間を紹介しろと迫ってくるだろう。

「そりゃそうよね。あなたの立場はよくわかってるわ。だから、しかるべき担当者に渡りをつけてほしいの。ねえ広志さん、お願い。正式に広報なんか通していたら、いつまで経っても埒《らち》が明かないもの。早急にアポ取りをしろって、上からせっつかれて、私いま本当に困っているの」

最初の怒りの声は、いつのまにか、どこか甘えを帯びた哀願調に変わっている。相手の反応や、間合いをはかって、威嚇するように怒ってみせたり、そうかと思えば、従順に退《ひ》いてみせたりもする。いつもながらこのあたりのテクニックは、由佳利が持って生まれた才能というべきものだ。

「それより君、まさか、東都テレビの長瀬《ながせ》由佳利だなんて、交換台に名乗ったわけじゃないだろうな」

桂木が真っ先に気になったのはそのことだ。経済情報番組「ワールド・ビジネス・アップデイト」は、番組スタート以来まだ三年足らずだというのに、いまや東都テレビの深夜の看板番組といえる存在になってきた。

三十分間というコンパクトな構成のなかに、時機を得たインパクトのある情報をうまく配置し、ひとつのテーマを深く掘り下げるという手法が、帰宅の遅い忙しいビジネスマンに受けたからこその成功だろう。

東都テレビは、放送の対象地域が関東近県に限られた民放テレビ局だ。だから由佳利の番組も、オン・エアは首都圏のみでスタートしたのだが、番組が始まってまもなく地方都市の準キー局への番組販売に成功し、中部、関西、九州など一部の主要都市ではBS放送として流れるようになった。

回を重ねるごとに番組の人気は高まっている。そして、メイン・キャスター長瀬由佳利の注目度はそれ以上に高まって、少なくともいまの金融界で彼女の名前を知らぬ者はいないぐらいにまでなってきた。

そんな長瀬由佳利が、どうして日銀のしがない一課長を名指しで電話してきたのか。

二人の仲を勘ぐられるようなことだけはどうしても避けなければならない。

「わかってる。わかっているから、その話はまた今夜にしよう」

桂木は声を落として、まず言った。

「そう言ってまた逃げる気ね。正面きって取材を申し込んでも、門前払いになるのは知ってるでしょ？」

「当たり前だ」

「だからあなたに頼んでいるんだわ。いつでも必要な人間を紹介してやるって言ってたのはウソだったってわけ？」

甘えの次は開き直りか。

「あのな、由佳利。俺にだってできることとできないことがある。無理を言うな、ここは仮にも日本の中央銀行だぞ。民間の金融機関とはわけが違うんだ。とにかく話は夜だ。仕事中はかけてくるな」

それだけ言い捨てると、桂木は電話を切った。

近ごろの由佳利はすっかり弁がたつようになった。どんな相手に向かっても臆《おく》せず理詰めで攻めていく。理屈っぽさにかけても、さっきの赤峰といい勝負だ。桂木は斜め前方のパーティションで、懸命に端末機の画面に向かっている赤峰の横顔に目をやった。

＊　　＊　　＊

初めて会ったころの由佳利は、もちろんこんなふうではなかった。恥じらいに満ち、初々しくて、だから桂木は一遍で心を奪われた。

先輩に初めて連れていかれた銀座のクラブで、由佳利は場違いなほど清楚《せいそ》な匂いを発していた。体重を預けたら身体が沈み込みそうな大きなソファーの上で、半分尻《しり》を浮かしながら身をもてあましていた桂木の前に、由佳利はおどおどと現れた。

最初に目を奪ったのは、うっすらと頰を覆う彼女のうぶ毛だった。照明を落としたクラブの奥、怪しげなシャンデリアの下で、はにかみながら由佳利が首を傾げるたびに、ぷっくりとした頰のラインが金色に光を放つ。

白桃みたいだ、と桂木は思った。

金髪のうぶ毛をまとった熟れた桃だ。無性に触れてみたいと思ったのは、決して指の痕《あと》をつけてはいけないことを知っているからだろうか。いつも前を通る日本橋の高級フルーツ店の店先で、大層な桐箱のなかで和紙にくるまれてこちらを見下ろしている大玉の白桃。日銀職員の口になど一生はいるものかと言わんばかりに、鎮座している。

だが、二度目に会ったとき、白桃は自分から落ちてきた。ほんの少し前まで、岡山の農園で古新聞の袋をかぶっていた時期があったことをみずから語りだしたときは驚いた。

「へえ、女優さんなんだ」

耳元で打ち明けられても、桂木はその顔を正視することすらできなかった。

「でも、まだ卵なんですよ」

恥じらいを浮かべた由佳利の唇が、濡《ぬ》れたように光っている。

「お芝居だけでは食べていけないから、それでこの店に？」

「はい。お稽古《けいこ》のない火曜日と木曜日だけ、アルバイトなんです。でも、内緒ですよ、そんなことしゃべったら、ママに叱られちゃうから」

若い日銀マンには無縁だった桐箱の白桃には、ほんの少し泥がついていたのだ。風雨にさらされ、強い日差しでカラカラに乾いた新聞袋のイメージは、幻滅の代わりに、親しみをもたらした。

あんなに甘い香りを放っていた白桃が、実際にはとても淡泊な味だと知ったのは、それから三ヵ月ばかりあとのことだ。思えば互いに都合の良い存在だった。女優への夢を追いかける由佳利の人生には、結婚という化粧箱は不要だった。すでに妻子のある桂木にとっても、もちろんそんな彼女の生き方は好都合だった。

やがて、三十歳という年齢が近づき、女優をあきらめかけた由佳利に、突然テレビの仕事が舞い込んできたのは、彼女なりの生来の強運と言うほかない。

「ねえ、どう思う？　テレビといってもドラマじゃないの」

「芝居じゃなかったら、なにをするのさ」

「だから、さっきから言ってるでしょ。キャスターだってば」

興奮してしゃべる由佳利の話を、桂木はいい加減に聞き流していた。俳優養成所で一緒だった友人が急病になり、泣きつかれて代役を務めたらしい。ちょっとした番組のリポーターだったが、それを偶然観ていたプロデューサーがいたのだという。

「どうせ身代わりだからって、全然プレッシャーがなかったのがかえって良かったのかもね」

企業を訪ねて経営者にインタヴューする仕事だったらしいが、クラブで客あしらいに慣れている由佳利にしてみれば、どこをどうくすぐれば相手が気分良く饒舌《じょうぜつ》になるかなど、知り過ぎるほど知っている。

「あの年代の男性って、可愛いのよ」

由佳利は満面に笑みを浮かべ、しれっと言ってのけたものだ。

「それに、君の声に惚《ほ》れたんだなんて、プロデューサーに口説かれちゃったしね。まあ、ああいう立場の人って、きっとみんなに同じこと言うんでしょうけど」

まんざらでもない顔でそう言い放ってから、由佳利はあらためて桂木に向き直った。

短時間ながらも、経営者をゲストに招き、経済や金融ネタを扱う番組ならそこそこの年齢の女のほうがいい。

若過ぎず、見栄えも悪くなく、どこか男好きのする風貌《ふうぼう》で、熟年の男のあしらいができるキャスターか。どんな男か、顔を見たことはなかったけれど、プロデューサーの目のつけどころは悪くない。

「よかったじゃないか。頑張れよ」

あれだけ熱く芝居を語っていた由佳利が、そんなことなどすっかり忘れ、いまは新しいオファーに胸をときめかせている。わずか一日で、ここまで完璧《かんぺき》な心変わりをする様を、なかばあきれる思いでいながらも、彼女の成功を願う桂木の言葉に嘘はなかった。

「では、ここからはお願いなんですけど」

見たこともないような神妙な顔で、由佳利はこちらに向き直った。

「なんだよ、おっかないな。君からあらたまってお願いなんて言われると、ちょっと身構えちゃうよ」

「大丈夫、あなたにできるお願いだから。というより、あなたにしかできないことなの。いいえ、私の将来はあなたの肩にかかっている」

「なんだよ、ますますおっかなくなってくる」

桂木は半分本気でそう言ったのだが、逃げ腰になればなるほど、由佳利は真顔で手を合わせ、拝む真似をしてみせた。

「特訓してほしいの。私に、経済とか金融とか、一人前の顔をして語れるぐらいに叩《たた》き込んでほしい。時間がないの。お願いよ広志」

都合のいいだけの男だった桂木は、その日以来、さらに彼女にとって好都合な無給の家庭教師になったのである。

由佳利の知識欲は凄《すさ》まじいものがあった。最初は適当にあしらうつもりでいた桂木も、そのあまりの熱心さに根負けし、いつしか彼女のペースにはめられていくのを実感した。

それまで芝居の世界しか知らなかった女だ。いきなり債券だの株式だのと言われても、面食らうばかりだっただろう。為替《かわせ》介入に、デフレに、中央銀行の金融政策など と言葉を並べ立てても、すぐに理解しようと思うほうが無理である。

それでも由佳利は食らいついてきた。

「大学受験のときも、こんなには勉強しなかったわ」

泣きそうな顔をしながら、あるいは居眠りしながらも、向き合っている専門書が冊数を重ねるごとに、次第に難解なものになっていくのを、桂木は眩《まぶ》しそうに目の端で見ていた。

「これを逃せば、もう二度とチャンスはやってこない。キャスターとしてやっていくためには、なんとしてもこの番組を成功させるしかないの」

由佳利の番組にかける意気込みには、そばで見ていても鬼気迫るものがあった。それがどれほどのプレッシャーだったかは、あるとき後頭部に五百円玉大のハゲを見つけたことからしてもあきらかだ。

そのうちついに番組がスタートし、否応《いやおう》なしに日々のスケジュールに追われる毎日が始まった途端、由佳利は日に日に綺麗《きれい》になっていった。開き直ったのだろう。そして、それができるのが彼女の怖さでもある。

実際のところ、そばで見ているとハラハラしどおしだったが、そこはそれ、演技はもとよりプロである。所詮《しょせん》は三十分の生番組だ。コマーシャルなどを除けば二十分足らず。さらにゲストの発言や、VTRが流れる部分があるから、由佳利自身が純粋にしゃべる部分など正味数分程度のことだ。

さらにラッキーだったのは、民放の裏番組に、たいして競合するようなものがなかったこと。それがわかったとき、由佳利は俄然《がぜん》輝き始めた。桂木は引き続き助言を惜しまなかった。なにかあるたびに訊《き》いてくる彼女に、そのつど詳しい解説もしてやった。もちろん誰にも口外できない秘密である。

秘密は二人のあいだを密にする。彼女が育っていくのを見るのは、自分自身の手になる作品を愛《め》でるような満足感があったし、由佳利に向けられる賛辞や評価はとりもなおさず自分への称賛にも感じられて、心底誇らしくもあった。

番組の人気は、そのまま長瀬由佳利自身の人気となり、視聴率へとつながっていく。中堅の女性キャスターとして、不動の地位を得るまで、さほど時間はかからなかった。

＊　　＊　　＊

それから数日後のことである。

桂木が出勤してくるのを待ち構えていたかのように、赤峰がなにやらプリントアウトした大量の資料を、両腕に抱えるようにしてやってきた。

「課長、これをご覧になってください。先日の件で、おもしろい分析結果が出たんです」

「おもしろい結果？」

「はい。まず、二方向からのアプローチをしてみました。ひとつは欠勤者の理由や背景を個別に追いかけて得たデータ。これは、できる限り欠勤中の彼らを訪ねて、ヒアリングをして集めた詳細な現状報告です」

言いながら、赤峰は分厚い三冊のファイルを目の前に並べていく。

「ここ何日かで、君は彼らと会ったというのか？」

「ええ、現在休んでいる職員はもちろん、過去に不快感を訴えていたほぼ全員から、直接話を聞いてきました」

それが事実なら、驚くほどのフットワークである。わずか数日間で、そこまで調査して結果を得たというのは見上げた根性だ。

「そうか、それはご苦労さん」

「で、この三冊のアンケートは、そうやって集めた記録をさらに分析して、彼らの共通項になるものがあるかどうかも探ってみたものです。それについては、またあとでご説明しますが」

「そうか。先にもうひとつのアプローチの話をしたいんだな」

赤峰の心中を察してやるつもりで、桂木は言う。

「はい。もう一方は欠勤者全員を一括《ひとくく》りにし、俯瞰《ふかん》して行なう分析です。まず、こちらが欠席者を集合体《マス》としてとらえたもの、その全体数の増減を日を追ってつなげたグラフです」

赤峰が目の前に差し出してきた資料に目をやると、一面にグラフが描かれている。

「実は、動画にもしてみたんです。そのほうが、数字の動きが視覚化されて、はっきりとした数字の推移が実感できると思ったからです」

ファイルのなかには、極薄のタブレット型のパソコンがはさまれていて、すぐに画面を起動させ、何枚かのグラフからなる動画を表示させた。

来たか、と桂木は思った。さすがは赤峰だ。

個別に該当者をまわり、足で情報を集める生真面目さはもちろんだが、それだけでなく全体を俯瞰する理詰めのアプローチをしてみせる。さらには、作成したグラフを動画にしてしまう発想には、まさに驚くほかない。

「なるほど」

それも赤峰らしいやり方なのだろう。ここまで集中して時間を費やし、丁寧に仕上げてデータに落とし込んでくる仕事ぶりを見ていると、たかが職場の欠勤者の動向調査などに使わせるのはもったいなくも思えてくる。

「いかがですか、このグラフ」

コンパクトな画面のなかで、カラフルな線がまるで生き物のように、日によって膨らんだり、縮んだりして蠢《うごめ》いている。

「うん。よくできているな。欠勤者全体をひとつの塊としてとらえてみると、こんなふうに推移しているってわけだ」

最初は小さな塊だったのが、ある瞬間に爆発的に膨らみ、やがて少しずつ縮んでいく。その変化が時間経過とともに、見るものの心にすとんと落ちてくるのだ。ただ、しばらく見ているうちに、なにか得体の知れない生物が、画面のなかで息づいているようで、不気味に思えてこなくもない。

「説得力が出てきますでしょ？」

問われて、桂木はごくりと喉《のど》を鳴らした。

「そうだな。このグラフを見ていると、月に何回か、突然大きく膨らんで、徐々に縮んでいく様子も見てとれる」

「そうなんです。こうやってあらためて見ると、欠勤者の増減にはっきりと波があるのがわかりますね」

「たしかに、一定のリズムのようなものがあるな」

「ただし、決して定期的なものではないのもはっきりしています。二日置きとか、三日置きとかっていう一定のサイクルがあるわけでもない。時間的にはちょっと歪《いびっ》な増減を生じていると言えます。じゃあ、この膨張になんらかの原因や法則はないのか。もう少し視野を拡げて考えてみました」

赤峰の説明に、桂木は引き込まれるようにうなずいた。

「法則は見つかったのか？」

「それを知るために作ったのがこちらのグラフです」

そう言いながら、赤峰が人さし指で画面の隅をタップすると、それまでのグラフにもう一本新しいラインが加わった。

「病欠者の増減を表す線に、いろいろな要因《ファクター》を重ね合わせて、両者の相関関係を調べてみたんです。なにか影響を与えているものがあるのか、ないのか」

「あったのか？」

待ち切れなくて、桂木は赤峰の顔を見上げた。

「たとえば、天候に影響されるのでは、という仮説を立ててみました。日照時間や風力とか、湿度や気温の変化を表すグラフと、これまでの欠勤者の増減のグラフを重ねてみたわけです。その結果がこれなんですが……」

二つのグラフは、それぞれに勝手な動きをしているだけで、なんら重なるものはなさそうに見える。

「どうということはないな」

「ですね。つまり、気温や天候に左右されて、不快感を訴えているわけではないのがわかります。同じやり方で、ほかにも影響を与えていそうなものを、いくつか重ねて試してみました。たとえばこのグラフは……」

赤峰は次々とグラフを画面に映し出しながら、淡々と説明を続けた。だが、どれを見ても原因となる決め手は見つからない。

「そうか、いや、ご苦労さん」

これだけの労力をただの徒労に終わらせたくはない。そんな思いは、もちろん赤峰としても同じだろう。

「それで、実際の欠勤者の声はどうなんだね」

せめてなにか引っかかってこないかと、桂木は話を向けた。

「それが、あまり……。実際に該当者にあたってみても、頭痛、吐き気、眩暈《めまい》、耳鳴り、その他、これまでに出尽くしたものばかりでした。特段目新しいものはありません。こっちの作業は無意味でした」

赤峰が悔しげに言うのも無理はない。だから、桂木は思わず言ったのである。

「いや、これまで訴えていたそういった症状は、間違いなく起きていた。それが確められたということにはなるよ。仮病じゃないことだけは確かなんだ」

「ああ、それはもう。念のため、診断書を書いた医師にも会って話を聞いてきました」

「ほう、そうか。それで?」

抜かりのない男である。またも、こんな仕事をさせておくのは惜しまれる。

「こういう症状の場合、やはりストレスが原因だろうとのことです。でも、ストレスと言えば、どこの課のどの担当者でもストレスが皆無という職員はいないわけで」

「そうだな。ちょっと前までは、原因がわからなくなると自律神経失調症という診断名がつけられたものだけど、近ごろはなんでもかんでもストレスと言っておけば、そこそこ話はおさまってしまうから」

赤峰のここまでの労をねぎらってやりたくて、桂木はそんなふうに言ったのだ。

「課長のおっしゃるとおりです。ストレスだけなら、どうして一階と四階に患者が多いのか、そのあたりも気になります。なので、日銀の建築構造を表した図面も入手して、調べてみました。まあ、ピンと来るものはないですね。あえて言うなら、一九二三年九月一日に起きた関東大震災の修復工事の結果、地下と一階と四階の壁に、ある種の振動が伝わりやすい構造になったということはわかりました。でも、それが因果関係とまでは……」

あの大地震でも、本館の建物自体は無事だった。ただし、内部の火災は避けられなかった。とくに二階と三階の焼失が酷《ひど》く、その消火作業や復旧工事の際にセメントで固めたことによる構造上の特徴があるというのである。赤峰は建物の平面図や立面図まで示して、さらに続けた。

「先生にはもっと突っ込んで、こういう症状の原因となるものについて質問したら、いろいろ並べ立てられました。眩暈や頭痛は現代病で、原因はあらゆるものが考えられるんだそうです。だけどそれって、医者の逃げじゃないですか？」

赤峰もさすがに悔しさを隠せないのだろう。

「しかし、それは本当らしいよ。私の家内の姉が眩暈に悩まされていてね。いわゆるメニエルというやつだが、医師には似たようなことを言われているらしい。もっともメニエルの場合は内耳というか、耳のなかのリンパの影響だなんて言ってたけどな」

「ああ、そういえば、私が話を聞いた先生も言ってました。耳もひとつのキーワードかもしれません。とにかく、このあともう少し調べてみます。とりあえずこれまでの中間報告だとお考えください」

いや、もうここまでで十分だ。適当に切り上げ、リポートにまとめて提出してくればそれでいい。

そう言ってやろうと思ったのだが、まあせっかくだからあと少し様子を見てもいいかもしれない。

「そうか、わかった。頼むよ」

深く考えることもなく、桂木はうなずいた。

＊　＊　＊

由佳利は、その後も萎《な》えることがなかった。

ちょっと教えてほしいんだけどと、ことあるごとに携帯電話をかけてきて、市場を動かしている要因の背景にあるものの解説を求めてくる。

「昨日、日銀はまた国債の買入れオペを実施したのよね。今週はこれで二度目だわ。

しかも今回はかなり思い切った額だった。要するに、日銀の資金供給で世の中にジャブジャブにお金があふれたってわけね。でも、市場の評価は六十点ぐらいですって？」

訊《き》いてくる質問も、最近はかなり専門的なことがらにまで突っ込んでくるようになった。

「おいおい、そこまで言うかよ」

新米キャスターのくせに、大きな顔をして日銀批判をやられたのでは、桂木としてもおもしろくない。もちろん今回の金融緩和策が、さほど効果を期待できないことぐらいは言われなくてもわかっている。

だが、正面きって六十点などと言われると、政策決定をしている立場でなくても、愉快ではない。そもそも、彼女を一から仕込んでやったのはこの私なのだ。いったい、誰のお蔭《かげ》でここまでこられたと思っているのだ。

「だって、メガバンクの知り合いと話していたら、そんな話が出ていたわ。前回の金融政策では三十五兆円も資金を放出して、今度はさらに五兆円も追加したわけよね。ねえ、今回の包括緩和で、日銀は本音のところ、どれだけ効果があると思っているの？」

彼女が言うように、景気の底割れを防ぐため、日銀総裁は先日、総合的なパッケージの金融緩和策を発表した。みずから「包括緩和」と名づけた異例の金融政策で、総額で五兆円の基金を創設し、国債やコマーシャル・ペーパー、上場投資信託《ETF》や不動産投資信託《リート》にいたるまで、金融機関から買い入れるというのだ。

桂木は、もちろん適当にあしらっておいた。だが由佳利は一向にめげることなく、このところなにかというと電話をかけてくる。とくに、日銀が買入れオペを実施した翌朝は、必ず電話をかけてきて、あれこれ文句を言ってくるのだった。

日銀がどれだけ国債を買い入れたとか、それで株価や不動産価格がどう動いたとか、どれも批判じみた電話でうんざりする。金価格がまた上昇したとか、短期金利を無理やり低く抑えているのに、長期金利はじりじり上がっているなどといった文句を言われても、桂木にはどうしようもないことだ。

「政府からのプレッシャーもあるからな」

つい弁解口調になって桂木は応じた。

「だけど、いくらお金を放出しても、たいして意味がないじゃない。結局、行き場のない資金が商品市場に流れて、穀物とか金《ゴールド》なんかの価格がべらぼうに上がっているだけだわ」

「仕方ないさ。金融緩和を一番望んでいるのは財界だしな」

「あら、そうかしら？　財界はもちろん景気対策を望んでるでしょうけど、そういう声に押されて、政治家がこんなにやりましたよっていうアリバイを作りたいだけでしょ。だから、日銀にプレッシャーをかけているんじゃないの。金融政策だけで景気全体を底上げするなんて土台限界があるのはわかっていても、そういう政府の圧力を受けて、日銀が国債とかいろんなものを買わされているだけじゃない」

由佳利は容赦なく突いてくる。

「あのな、気安く言ってくれるけどな」

「それに、直近では、日銀が国債の買入れをオファーしても、あまり材料視されなくなってるそうね。金融緩和が当たり前みたいになっているんだわ。でも、それって怖くない？　だって、日銀はもう引くに引けなくなってきている。このままずっと緩和政策を続けないと、市場が反乱を起こしかねない」

そこまで言われると、桂木としても同じ日銀職員として黙ってはいられない。だが、由佳利は余計にムキになって言う。

「だって、そのとおりですもの。もっとも、日銀にしてみれば、その結果金価格が上がるのは悪いことじゃないものね。おたくが保有している金って、たしか全部で四千四百億円分ぐらいにはなってるでしょ？」

おそらく日銀のホームページを調べてきたのだろう。営業毎旬報告を見れば、公開された日銀資産の内訳はすぐにわかる。そのなかの金地金の額を指しているのだ。

「なんだ知らないのか、あの金額は簿価なんだよ」

そこまで言ってやりたかったが、やめておいた。

　四千四百億円強と公示されている数字は、所詮《しょせん》は買い付けた時点での価格で総額を算出しているものだ。実際にはずいぶん昔に買い付けたものが多いので、ここまで価格が高騰しているいまの時価に直せば、どれほど巨額の含み益になっているかは想像もつかない。

もちろん、由佳利に指摘されるまでもなく、金価格のここまでの高騰は、現預金（紙幣）や株式や債券といった「紙で出来ている資産」への投資に対する失望感の裏返しでもある。

そんなことはわかっているのだ。事実、アメリカの議員のなかには、好きなだけ紙幣を刷り増しして、それを無節操な国債買入れにまわしているアメリカの中央銀行、つまり連邦準備制度理事会《FRB》の存在そのものに疑問を投げかけている者がいる。さらに言えば、銀本位制や金本位制といった、昔の兌換《だかん》紙幣に戻すべきだという論調まで始まっている。

由佳利が声を荒らげたくなる気持ちもわからなくはない。だが、たとえそうだとしても、桂木にしてみれば、どうなるものでもないのである。

「もういい加減にしろよ、由佳利。そんなこと、俺に言ってくるな」

喉元《のどもと》まで出かかった切なる願いも、だが、桂木は呑《の》み下《くだ》すしかなかったのである。

＊　＊　＊
「課長、ちょっとお耳にいれたいことがありまして……」

赤峰が欠勤者のファイルを手にまたやって来たのは、そんな日のことだ。

「どうした」

「この前、話を聞きに行った医者から電話がありまして、このところ患者のうちの何人かが、症状をかなり悪化させているので心配だと言ってこられたんです。このあたりの職員なんですが」

ファイルを開いて、桂木の前に差し出したあと、何人かの名前が並んだリストを指先で指し示しながら言う。

「該当者は、やはり四階に集中しているのか」

「はい。一旦《いったん》は症状が消えて、職場復帰していたんですが、そのうち何人かが再発しているようなんですね。なかには、相当深刻なケースもあるようで、とくに昨日はそんなケースが目立ったというんです。だから、見かねて連絡をしてこられたようです」

「深刻なケース？　どういうことだね」

「単に眩暈《めまい》や頭痛だけでなく、不眠とか、重篤な疲労感を訴えているそうなんです。幻覚とか、幻聴とか、統合失調症の症状まで表れているとおっしゃっていて」

「なんだそれ」

聞いたことのない病名である。

「僕も知らなかったので訊いてみましたら、どうやら昔は精神分裂病なんて呼んでいた精神障害のひとつらしくて」

「精神障害？　そんなばかな」

どうしてそんなことになってしまうのだ。

「驚きますよね。僕もさすがに信じられなくて」

「本当なのかね？」

もしもそれが本当なら、放置できない事態である。

「そのようです。心配なのは、そのことで職員のあいだにますます良からぬ噂が広まっていることで、それがさらに不安感を煽《あお》っているのではと」

心ない噂が別の噂を呼び、互いの不安感を煽って一種の自己暗示とでもいうか、疑心暗鬼が起きて、心理的に追いつめられてしまうのではないか。

「誤った情報や、思い込みが過度の不安感に繋《つな》がり、病状を悪化させることも考えられると、先生はおっしゃっていました」

「不安感というのは、伝染するものかもな」

なにげなく口にした自分の言葉に、桂木はわけもなくぞくりとした。

「やめてくださいよ、課長。なんだかパニック映画みたいじゃないですか。われわれの知らないあいだに、この建物がなにかに汚染されている……」

「ウィルスで脳をやられる、なんてな」

桂木は笑いでごまかしてしまいたかった。

「冗談はともかく、こうなったら、徹底的に原因を突き止める必要がありますね。なんで一階と四階なのか、どうして昨日みたいに特定の日だけ、症状がとくに悪化するのか」

と、赤峰がそこまで言ったとき、不意に頭を過《よぎ》るものがあり、桂木は膝《ひざ》を打った。

「なあ、さっき昨日がもっとも酷《ひど》かったと言っていたな。待てよ、もしかして……」

慌てて資料のページを繰り、桂木は意を強くした。どうしていままで気づかなかったのだろう。由佳利が電話してきてしばらくすると、決まって赤峰が心配顔でやってきたのに気づいたのだ。由佳利が電話をしてくるのは、いつも日銀のオペが実施された翌朝だ。

「やっぱりそうだ。ということは……」

ろう？」

「なんですか、課長」

怪訝《けげん》な顔で赤峰が訊《き》く。

「この前、欠勤者のデータに、いくつかの要素を重ねて、共通するものがないかと調べていただろう。その要素として、買入れオペの日とか時間帯を重ねてみたらどうだろう？」

「ちょっと待ってください、と言うが早いか、赤峰はファイルと一緒に持っていたタブレット型パソコンを取り出した。しばらくのあいだ、手慣れた仕草でキーボードを器用にタップしていたかと思うと、やがて画面から目をあげてニヤリとこちらを見た。

「正解ですよ。おっしゃるとおりでした。これを見てください。病欠者の増加の日時と、資金供給のオペの実施日とが、見事に合致しています」

興奮した顔で言うと、赤峰はパソコン画面をこちらに向けた。

「まさにピッタリだな。だけど、なんでこうなるんだ。われわれ日銀が、金融緩和策を実施するため、市場からいろんなものを買い入れるたびに、職員が病気の症状を訴える……」

言い換えれば、世の中にお金が流出するたびに、日銀職員がなんらかの精神的なダメージを受けているということになる。

「不思議ですが、このグラフを見る限り、それは間違いありません。しかも、一階と四階の職員に限って表れる現象です。それって、どう理解すればいいんでしょうか」

赤峰の疑問は、そのまま桂木の疑問でもある。二人は互いに顔を見合わせて、首を傾げた。

「だけど、このデータ分析を見る限り、その事実は否定できない」

「こうなったら、徹底的に調べてみますよ、課長。このまま放っておけないですから」

赤峰は勢いこんでそう言った。

「頼むぞ、赤峰。結果次第では、上にきちんと報告しないといけないからな。局長から、総裁レベルにまで上げてもらうような話になるかもしれん」

「そうですね。僕に任せてください、課長。絶対にこの手で原因を突き止めてみせますので」

赤峰は宣言するように言い、固く握りしめた拳《こぶし》を胸に当ててみせたのである。

＊　＊　＊

発券局総務課長の岩本秀司《いわもとしゅうじ》が、頰を引き攣《つ》らせて桂木を訪ねてきたのは、そのまた数日後のことだった。

「おたくの課に赤峰というのがいるよね。ちょっと話を聞きたいんだが」

すごい剣幕で乗り込んで来た岩本を、桂木はなにごとかと迎え入れた。

「課長の桂木です。うちの赤峰がどうかしたんでしょうか。立ち話もなんですから、まあちょっとこちらに……」

発券局総務課といえば、地下金庫の入室を許されている部署でもある。そんなところの人間と、赤峰がどんな関わりを持ったというのだろう。桂木はひとまずフロアの隅に岩本を案内し、会議テーブルの椅子を勧めた。

「うちの部下が突然具合を悪くしたんだが……」

そこまで言って、なにを思ったか、岩本は急に声の調子を変えてきた。

「それが、様子が変だというんでね、ちょっと話を聞かせてもらいに来たんです」

「変とおっしゃいますと?」

「本人の名誉のために断言しておくが、彼はうちの若い連中のなかでも非常に優秀な男でね。そんな奇妙な症状になるはずがない。しかも、あまりに突然だしね。で、いろいろと調べてみると、おたくの赤峰君と一緒に、夜遅くなにか特別の用向きにつき合わされて以来だと、周囲の同僚たちが言っているんだ」

「夜遅くに、赤峰がなにをお願いしたのでしょうか?」

「だから、それが知りたいから来たのじゃないか」

「はあ……」

「赤峰君はいるんだろう？　少しでいい、直接話を聞かせてもらえるとありがたいんだが」

「あいにく、赤峰も本日は休みをとっておりまして。ですので、本日中に連絡を取りまして、明日にはそちらにうかがわせて、説明をさせますので」

「そうか。頼んだよ」

岩本は、そこでまた言葉を途切れさせ、今度は極端に声をひそめてきた。

「君は、怪文書のことは聞いてないのか？」

「は、怪文書？」

「いや、いいんだ。私自身は、その種のものに振り回されるつもりは毛頭ないのでね。ただ、妙なメールが出回っていると聞いたので」

「どういうメールなんでしょうか」

「うん、まあいいよ。明日赤峰君をよこしてくれたら、私から直接確かめてみるから」

ひとまず納得して、岩本が帰っていく背中を見送りながら、桂木は今夜のうちになんとしても赤峰を訪ねようと決めたのである。

まさか、赤峰があんなことになっていようとは。

＊　＊　＊

彼のマンションを出て、最寄りの駅まで向かうあいだ、桂木は何度も立ち止まって重苦しい息を吐いた。独り暮らしだと聞いていたのだが、どういうわけか彼の部屋では両親が待ち受けていた。

「真也の父でございます。いつも真也が大変お世話になっております。今夜は、こんなところまでわざわざおいでいただき、ありがとうございます」

信用金庫で融資を担当しているという父親は、卑屈に見えなくもないほど慇懃《いんぎん》な態度だった。だが、丁寧に頭を下げる父親の隣で、母親が我慢しきれないように口を挟んでくる。

「ちょうどよかったですわ、課長さん。明日にでも、こちらからうかがうつもりでおりましたから」

「規子《のりこ》、よさないか」

桂木に食ってかかる妻を、父親は慌てて手で制する。

「だってあなた、真也をこんなにされたんですよ。私、黙ってなんかいられません」

ちょっと待ってくれ、と桂木は思った。

「あの、どういうことですか？　赤峰君は、どうかなさったんでしょうか。すみませんが、本人と話をさせてくれませんか」

なにを怒っているのかわからないが、桂木はとにかく穏やかに答えた。だが、それが余計に気に入らないのか、母親がまたも声を荒らげる。

「どうかなさったか、ですって？　とぼけるのもいい加減にしてください」

まったく、どこまでも喧嘩腰《けんかごし》である。

「いえ、別にとぼけているわけでは……」

なにがなんだかわからずに、桂木はかぶりを振った。

「そんなふうに、どこまでもお逃げになるつもりなんですね」

その目に、見る間に涙があふれてくる。

「逃げるなんて、私は別に……」

いったいこの母親はなにを言っているのだ。桂木は、さらに強く首を振った。

「わかりました。だったら、見てやってくださいよ」

そう言いざまに、母親はソファーから立ち上がった。そして何歩か歩いたかと思うところちらを振り返り、寝室になっているらしい奥の引き戸をいきなり大きな音を立てて開いた。

「ほら、真也です。話もなにも、あんな状態でできると思ってるんですか」

電気も点《つ》けていない部屋の奥、壁際に置かれたベッドの上で、膝《ひざ》を抱いてうずくまっている男がいる。皺《しわ》だらけのパジャマに、乱れた胸元。肩を小刻みに震わせ、泣いているかのようだ。

「赤峰、どうしたんだ」

呼びかけても返事もなかった。しばらくして、ようやく彼がゆっくりと頭をあげたとき、桂木は目を疑った。

大きく見開いた目は、まるで焦点が定まらず、宙の一点を見つめて黒目がたえず揺れている。ときおり、激しくなにかに脅《おび》えるように声をあげ、何度もあとずさりをする。放心したように半開きになった唇からは、よだれが垂れて糸を引き、赤峰はそれを拭《ぬぐ》わないどころか、気がついてもいない様子だ。

これが赤峰なのか。まるで別人だった。だが、わずか一日ほどで、なぜここまで変わり果ててしまったのか。

「なにがあったんだ、赤峰。どうしてこんなことに」

桂木の口を衝《つ》いて出る疑問を遮ってきたのは、またも母親だった。

「それは、こっちが訊《き》きたいことですよ」

桂木は、それを無視して叫ぶ。

「赤峰、教えてくれ。君をこんなふうにしたのは誰なんだ」

だが、なにを訊いても、彼の目は宙を見つめたままで、あああ、あああと、意味のない声を漏らすだけだ。

「おい、どうしたんだ。しっかりしろ、赤峰」

突然ウォーっと唸《うな》り声をあげたかと思うと、激しく身体を捩《よじ》り始めた。

「きんこ……」

かすかにつぶやく声が聞こえた。

「なに？　金庫といったのか？　おまえは発券局の担当者と金庫に行ったんだな」

それにも答えることなく、今度は突然笑い出す。

「どうした、赤峰。金庫でなにを見たんだ」

パジャマの肩に手をやると、驚くほど簡単に崩れてしまった。もとより小柄だったが、もうひとまわりほど縮んでしまった気がする。それに、神経が通っていないかと思うほどまるで身体に力がはいっていない。

そんな姿を見せつけられ、焦りすら覚えて、桂木は思わず彼の両腕を持ち身体を揺さぶってみた。だが、その目は、相変わらずあらぬ方向を見つめたままだ。

「きん、こ……、こわい……、あいつら……、怖い……」

よだれに濡《ぬ》れた唇が、かすかに動いて声を漏らす。その口もとに耳を寄せ、桂木は必死で聞き取ろうとする。

「きん……、こ……」

だが、最後まではどうしても聞き取れない。いや、言い切ることそのものを怖れているかにも見える。

「ああ、金庫か。そうか、地下の金庫に行ったと言いたいんだな？　そこで君らはなにかを見た。そう言いたいんだな？」

ぐにゃりと支柱を失ったその身体を、なんとか両腕で支えながら、桂木は訊いた。

「怖い！」

突然、赤峰は大きな声をあげた。次の瞬間、桂木の胸に身体をあずけ、必死ですがりついてくる。

「わかった。もういい、もういいんだ、赤峰。君にばかり任せた私が悪かった。だから心配するな。私が、この手で必ず突き止めてやる。大丈夫だ。気持ちをしっかり持つんだぞ。いいな、赤峰」

力を込めたらいまにも折れてしまいそうなほど薄っぺらなその背中を、桂木は、何度も何度も、撫《な》でてやった。

＊　＊　＊

その夜、桂木はあらかじめ訊いてあった発券局総務課長の岩本の携帯に電話をかけた。夜の九時をまわっているのに、幸いにも岩本はまだデスクに残っていた。

「こんな時間に申しわけありません。あと二十分ほどでそちらに戻ります。これから金庫を調べさせてもらえませんか」

地下一階にある金庫にはいる権限は、もちろん桂木には与えられていない。誰であれ単独での入室は禁じられており、厳しく管理されたしかるべき担当者と一緒に、複数で行くことが義務づけられている。

だから、どうしても岩本の同行が不可欠だったが、なにせこんな時間帯である。岩本が拒むのは無理もなかった。

「これから？　いまから金庫を開けるなんて無理だ。いったいなにがあったんですか。明日ではだめなんですか」

「無理は承知です。ですが、急を要するんです。市場調節課は、今日の午後また買入れオペをやっていますからね。どうしても今夜中に突き止めておかないと、明日にはまた犠牲者が出ます」

「犠牲者?」

その言葉に、岩本はようやく事態を理解したようだった。赤峰を見舞ってきたこと、それ以前から調べてきた今回の経緯について、思いつく限りの説明をすると、岩本は黙りこんでしまった。

「しかし、まさか、こんなことが……」

しばらくして、岩本がようやく口にしたのは、それだけだった。

「どうされたんですか。そちらでも、またなにかありましたか?」

さっき見た、赤峰の姿が目に灼《や》きついて離れない。

「実は、この前ちょっと話したのを覚えていますか。怪文書のことだが」

「はい。ただ、内容についてまでは、まだなにも……」

「怪文書というより、メールだそうで、水面下でまことしやかに伝わっているという
んだ。あのあともいろいろ探したが、私は実物は見ていない。もちろん匿名だが、そ
のメールには『嗤《わら》う金塊』とタイトルがつけられていたらしくてね。それによると、
日銀が買入れオペをやった日は、地下から声が聞こえてきて、それを聞いた職員が
次々と精神をやられ、原因不明の病気に倒れると」

「え、嗤う? 金がですか?」

赤峰が言っていたのは、金庫ではなく、金のことだったのだろうか。

「しかしだな。いくらなんでも、そんな馬鹿げた話を信じるわけには……」

「信じられないのは私も同じです。ですが、ほかに考えようがない。おそらくうちの赤峰も、あなたの部下も、いえ、これまでの欠勤者の全員が犠牲者です。だから、これ以上はもう……」

「わかりました。金庫になにかあるとは、私には思えませんが、あなたがそこまでおっしゃるなら、立ちあいましょう」

ありがとうございますと、丁寧に礼を述べて、桂木は大急ぎで日銀に向かった。

＊　＊　＊

日銀の金庫は地下一階。総面積千四百二十六平米もの巨大なスペースだ。明治二十九年からの旧金庫をぐるりと取り囲むように、昭和七年には回廊部分を増設し、現在のような広さになったという。

大正時代のあの関東大震災にもびくともしなかった強靭《きょうじん》な造りで、白っぽいタイルがびっしりと張られた通路は、がらんとしていて、岩本と桂木の歩く足音だけが不気味に響きわたっている。壁の換気口から忍びこむ空気が、ひんやりと頬を撫で、足下の脱気口に吸い込まれていく。湿り気を帯びた饐《す》えた臭いが、鼻をついた。

「なにか聞こえませんか、桂木さん」

エレベーターを降りて少し進んだところで、まず岩本が訊いた。両耳に神経を集中させ、注意深く気配を窺《うかが》ってから、桂木は小さく首を振る。

「いえ、私にはなにも」

とくに音は聞こえない。通路の角を曲がるとき、桂木は緊張のあまりごくりと生唾《なまつば》を呑《の》み込んだ。

その瞬間だ。

耳の穴に十センチぐらいの針を刺されたような痛みが走った。音ではない。耳鳴りの激しいのといえばいいだろうか。両側から頭蓋骨《ずがいこつ》を搾り上げるような圧迫感が続く。激しい頭痛と、胃の底がせりあがってくるような感覚が交互にやってくる。桂木は思わず両耳を手で塞《ふさ》いだ。一歩前に進むごとに、吐き気が増す。それでも、足を止めるわけにはいかなかった。

「まさか、地震でしょうか?」

「いや、地震にしては長過ぎます」

空気を震わせる波動が、壁のタイルを這《は》うようにして伝わってくる。増幅する振動に、息苦しさを覚え、桂木は何度も立ち止まって深く息を吸い込んだ。

「ここです」

ようやく金庫の前に着き、岩本が重い口調で言った。すでに顔面は蒼白《そうはく》だ。昭和七年に設置された金庫は、扉だけでも厚さが九十センチ、重さは二十五トンにも及ぶ。震える手つきでかろうじて操作を終え、ゆっくりと扉が開かれた。

すぐに視界に飛び込んできたのは、薄いブルーのパレットだ。日銀券、つまりそれぞれの紙幣がフォークリフトでの運搬用に、パレットに束ねて保管されているのである。百枚を束ねて帯封を巻いた紙幣を十束。合計千枚の紙幣をさらに十個ひとまとめにして、透明なビニールでパックにしてある。

それを四十個積み上げた恰好《かっこう》で一台のパレットに収められている。一万円の紙幣の場合なら、一台のパレットで四十億円になる。そのパレットが、二十五台でしめて一千億円。ずらりと壁に沿って並べられ保管されている。

「あああ」

そのとき、岩本が叫び声をあげた。

「あれを見ろ」

その場にへたりこみ、尻《しり》で激しく後ずさりをしている。その指が示す先には、木製の箱がうずたかく積み上げられていた。金塊を入れた箱だ。一個ずつはまるで千両箱のようにも見える。

「そんなバカな」

桂木は激しく首を振った。

振り返った岩本の唇から、一筋、よだれが長く糸を引いて落ちるのが見えた。

金融市場《マーケット》の窓

暴落相場は、死人が出ると下げ止まる。

まことしやかに、だが、決して表に出ることはなく、もちろん真偽のほどが検証される術《すべ》もないままに、人から人へと語り継がれていく言葉というのは、どんな世界にも存在する——。


「ねえ、南部《なんぶ》次長。これって本当なんですかね？」

少し離れた斜め向かいの席で、飯島未久《いいじまみく》はそうつぶやいて、細身のグレーの上着に包まれた若い背中を、ぶるっと震わせた。

明日からの三連休を控えた金曜日の二十一時。

メガバンクの一角を担うふたば銀行資金証券部のフロアでは、いや、そのなかでも、主に日本国債などの市場取引を扱う債券投資チームの一角には、すでに人影はほとんどない。天井の照明も半分以上が消されていて、あたりの壁に浮き上がるキャビネットの翳《かげ》が、昼間の喧騒《けんそう》からは想像もつかないほどの静寂のなかに、ひときわ不気味さを生んでいる。

「ふうん、そうなのね。ということは、一旦《いったん》相場が大暴落を起こしたら、誰か一人犠牲者が出ない限り、下げは止まらないってこと？　つまり、市場が生《い》け贄《にえ》を要求すると言いたいわけね」

南部がなにも答えないからか、未久は目の前の端末機のモニター画面に、鼻先がぶつかりそうなほど顔を近づけながら、またも言った。

今度は、誰かに訊《き》いているというわけでもなさそうだ。ただ、若い娘らしく伸びのある、よく通る声である。なにも答えてくれない南部に向けて、聞こえよがしになにかを促しているようにも思える。

「なるほどね。わかったわ。暴落は、生け贄を差し出すまで止まらない……」

訳知り顔をしてさらにそう続け、すっかり納得したようにうなずいている未久に、だから、南部光一《こういち》は、声をかけないではいられなかった。

「おいおい、飯島。さっきからなにをぶつぶつ言ってるんだ。なんだか物騒なものを読んでいるみたいだけど、なんだよ、それ？」

新卒で入行してからの四年間、事務畑でみっちりと決済業務を叩《たた》き込まれたあと、みずから出した異動願が聞き入れられ、彼女はこのトレーディング・フロアに移ってきた。

「感激です！　やっと夢がかないました。私、本当に長いあいだ、ずっと憧《あこが》れてきたんです」

新しく上司になった南部をまっすぐに見つめて、恥じらうこともなく、弾《はじ》けるような笑顔で頭を下げてきたのは、まだ半月ばかり前のことだ。

「私、なんでも覚えますから。しっかり勉強しますので、みっちり仕込んでください。一日も早く戦力になるディーラーになりたいんです。いつかは、次長に負けないような、東京市場でその行動が注目を浴びるぐらいの辣腕《らつわん》ディーラーに必ずなりますから」

つんのめりそうなほどに身を乗りだし、未久は一気にそう言った。

「そうか」

南部は短く答えただけだ。

二十六歳やそこいらの娘に、気圧《けお》されて、とまでは言いたくないが、未久は最初からそんな調子で、無垢《むく》なほどに一途《いちず》だった。

ふたば銀行資金証券部次長。日本国債の取引において、事実上の全責任を負っている南部光一の名前は、少なくとも金融市場に関心を持つ人間なら、東京市場のなかで知らない者はいないはずだ。

直接に取引上の関係はなくとも、新聞各紙や経済誌、テレビの経済ニュースなどで、なにかあるたびにコメントを求められているので、ちょっと経済に関心を持つ者なら、一般の人間でもその名前ぐらいは知っているのではないか。

もちろん南部自身も、そのことに確固たる自信を抱いてきた。

それもすべて、この道一筋に二十五年、数々の相場の難局に直面し、そのつど自力で修羅場をくぐり脱《ぬ》けてきたからこその自信だったし、だからこその誇りでもあった。

百八十センチ近い身長と、がっしりとした肩幅。大学時代にアイスホッケーの選手として鍛えあげた分厚い胸板は、このところの運動不足でだいぶ筋肉が落ちてきたものの、まだまだ若い者には負けないつもりだ。

南部自身は拒みとおしているのだが、あるテレビ番組から、できればレギュラーのコメンテーターにと執拗《しつよう》に口説かれたりするのも、あるいはその迫力ある風貌《ふうぼう》のせいかもしれないとはひそかに思う。

しかし、たとえそうだとしても、本人を目の前にして、その存在に憧れてきたなどと、臆面《おくめん》もなく口にできる女子というのはいささか驚きだった。それも、まだ右も左もわからぬ新米ディーラーに、いや、まだそこまでもいかない部下にである。

末久自身に言わせると、入行時から、いや、大学生のころからトレーディング部門勤務に憧れて、ふたば銀行への就職を決めたのだという。だから、トップグループの成績で入行したあとも、当初の思いを貫いて何回も希望を出し、何度目かのトライでようやく取り上げられて、夢が実現したようだ。

債券投資チームに来て以来、なにもかもが新鮮なのだろう。片っ端から専門書を読み、あらゆるマーケット・リポートに関心を示し、そばで見ていてもこちらがあきれるほど、前のめりの二週間だった。

それでも、未久は疲れを知らなかった。

もっとも、彼女の物怖《ものお》じしない性格は貴重である。怖い物知らずの一面や、押しの強さ、欲しいものはなんとしても手にいれようとするストレートな「欲」は、なにより彼女がディーラーとして不可欠な要素を備えていることの証左でもある。

図々《ずうずう》しさと、有無を言わせず周囲を味方につけてしまう強引さ。それこそが、ディーラーとしてもっとも必要なことだと言ってもいいぐらいだ。

未久はたしかにおもしろい娘だった。うまく育てあげれば化けるかもしれない。それこそ彼女自身が言ったように、ふたば銀行のトレーディング部門の戦力になるかもしれない。

だが、育て方を間違えれば、どうしようもなく不幸にしてしまう。息子一人だけで、娘に恵まれなかった南部にしてみれば、反面そんな思いにも囚《とら》われる。

「いやあ、泣く子と、いまどきの若い女子には勝てんな」

南部は、笑いながら周囲に漏らしていたのだが、その言葉は、半分以上が本音だった。いまはまったくの未知数だが、単に無視してこの勢いを封じてしまうのも、それはそれで惜しい気がする。未久という娘は、南部にとって、まさに悩ましい部下の一人だったのである。

＊　　＊　　＊

「あ、次長。これのことですか？　伝説のファンド・マネージャーが書いているブログなんです」

「ブログ？」

「はい。でも、本当なんですかね、こういうことって」

覗《のぞ》き込んでいたモニター画面から視線を剝《は》がし、未久はこちらを振り向いた。その額のあたりには、強い好奇心と脅《おび》えとが、半分ずつないまぜになって張り付いている。

わかりやすい娘だ。歯切れのいいしゃべり方と、なにかにつけてせっかちな物腰だが、それも彼女の利発さの表れだろう。

「やめとけ、やめとけ、飯島。そんなもんいくら読んでも百害あって一利なしだ。だいいち自分から伝説のファンド・マネージャーなんて言ってるやつに、ロクな人間はいない。わかったようなことを言って、どうせ自慢話を並べているだけか、ポジション・トークに決まってる」

鼻先で言い捨てながらも、南部の頰は自然に緩んでくる。

自分にも覚えがあると思ったからだ。なにを見ても興味が湧き、なにを読んでももっと知りたくなる。もう少し経つと、自分の無知さ加減と、無力さを知らされて愕然《がくぜん》とするものだが、未久はそのことより前に、まずは無我夢中で吸収したい時期なのだ。いまはとうに引退して、誰一人この世界に残っている者はいなくなったが、南部自身もあの当時は、社内であれ他社の人間であれ、先輩たちを手当たりしだいにつかまえては、質問攻めにして嫌がられたものだった。

「ポジション・トークってなんですか？」

案の定、未久は訊いた。

おお、さっそく来たか、と南部はまた思う。

そうだ、それでいいんだよ、未久。その調子でこのまま進んでいくがいい。口にこそ出さないが、南部は心の底ではそう思っていたのである。周囲にちょっとばかり嫌な顔をされても、そんなことであきらめて、質問をやめるようでは相場なんかやっていられない。どこまでも食らいついていき、みずから貪欲《どんよく》に吸収していかないと、なにも得られない。

「おまえ、ポジション・トークも知らないのか」

と、荒い声でそこまで言って、南部は慌てて唇を閉ざした。

こういう言い方はセクハラになると、先日も人事研修で釘《くぎ》を刺されたばかりだった。そのときの講師の論でいくと、名前を呼び捨てにすることも、いや、そもそもこんな時間まで女子行員と二人だけで居残っていること自体が要注意らしい。

知ったことか。

訴えたいやつには訴えさせておけばいい。セクハラだのパワハラだのと、訴訟なんか怖がっていたら、ディーラーを育てることなどできるはずがない。

南部は思い直して、また未久を見た。

「いいか、よく覚えとけ、未久」

試すように南部はあえて名前を呼び捨てる。

「はい、次長」

未久は嬉《うれ》しそうにうなずいてきた。

「ポジション・トークというのはな、自分のポジションに好都合な話をすることだ。自分が買い持ちにしているときは、強気の話をする。つまり、市場《マーケット》が上がると周囲に吹聴《ふいちょう》するんだな。逆に、自分がカラ売りしているときは、こんなところで買うヤツはバカだ、とかって大げさに言いふらすわけだ。まあ、この世界ではよく居るタイプだけどな」

「はあ、そういうものなんですか」

面食らった顔をこちらに向けて、未久は言った。

「おまえな、当たり前だろう。ディーラーとか、ファンド・マネージャーなんていうのは、そういう人種だ。常に他者より余計に儲《もう》けたいと思うし、儲けなきゃいけないのが仕事だ。儲けるためには相手に負けを押し付けなきゃいかん。相手が負けてくれないと、自分が勝てない。わかるな？」

「だったら、このブログもやっぱりポジション・トークなのでしょうね。となると、この人はかなり売り込んでいるってことになります。でも、相場の諺《ことわざ》なんかもいろいろ書いてあって、結構おもしろいブログなんですよ。ねえ、次長。もしもポジション・トークだとすると、これは嘘なんですね、こういう話って作りごとですか？」

簡単に納得などしないと言わんばかりに、未久は食い下がってくる。

「暴落相場は、死人が出ると下げ止まるって話のことか？」

「はい。でも、実際のところ、これまで相場のせいで死人が出たなんていう話、ニュースに出たことないですものね」

「馬鹿だな。そんなもん、なんとでも言い繕えるさ。そもそも、そんな不名誉な話、正面切って本当のことを明かすわけがないだろう」

しまった。と、南部はまた思う。そこまで言うつもりはなかったのだ。

「え、じゃあ、あるんですか？　どんな人が死んだんですか」

間髪をいれず、未久はデスクから身を乗り出すようにして訊《き》いてきた。マスカラで縁取られた大きな瞳《ひとみ》が、さらに見開かれている。

「いや、まあ、一件もないとまで言い切ってしまうことは、ちょっとな」

南部は、つい歯切れの悪い言い方をした。

「噂で聞いた程度だ。よくは知らん」

慌てて言い直したが、喉《のど》の奥から食道のあたりにかけて、ひどく苦いものが拡がってきた。

古い話だ。いまさら、思い出したくもないことである。南部がまだ新人だったころ、相場がどういうものか、ディーラーの仕事がどれほど苛酷《かこく》なものかも、本当にはわかっていなかったころの話だった。

さりげなく言葉を濁し、もうその話題は打ち切るつもりで、南部は自席の端末機のモニター画面に目をやった。

「でも、次長。噂があったということは、きっと本当に死人が出たということなんでしょう？　つまりは、暴落相場で誰かが死んだのは事実なんだ。相場の犠牲になった人がいたということで……」

隠そうとするから、余計に聞きたくなる。曖昧《あいまい》な言い方は、かえって未久の好奇心を掻《か》き立ててしまったらしい。

「そうだな、犠牲者といえば犠牲者なんだろうな。だけど、だからといって、別に殺人事件が起きたという話じゃない」

「となると、生《い》け贄《にえ》？　マーケットが生け贄を要求したとか？」

「まさか。そんなわけないだろう。自殺だよ」

「ああ、そっか。相場でやられて、負けが込んで、死ぬしかなかったんですね」

未久は屈託のない声で、さらりと言ってのけた。

相場でこっぴどくやられ、大損を出して追い詰められる。この世界で生きている限り、他人事《ひとごと》ではない。いつなんどき自分に番がまわってこないとも限らない話なのだ。

「まあ、人生いろいろだ。だけどな、未久。これだけは言っておく。そういう人間は最初からこの世界に来ちゃだめなんだ。わかってるな。常に自分自身を強く保つこと。失敗して、反省はしても、いつまでも引きずってちゃいけない。信念を貫くことは大事だけれど、そのことに拘泥《こだ》わり過ぎるのもダメなんだ。過去を忘れて、すぐに頭の切り替えができるようじゃないと、自分を追い詰めるだけだからな」

「難しいですね。固く信念を貫くことと、発想に柔軟性をもたせることなんて、まったく相反する行為ですもの」

「そうだ。そのとおりだ。それでも、それができないヤツはここでは生き残れない」

「どうなっちゃうんですか」

「聞きたいか」

「はい、もちろん聞きたいです」

未久は大きくうなずいた。さりげないアイメイクはしているものの、健康そのものの頬には化粧っ気もなく、一言も聞き漏らすまいという強い目をして、こちらをじっと見つめている。

あのころの自分も、きっとこんな目をしていたのだろう。そんな苦い郷愁が、長いあいだ固く封印してあった過去を、蘇《よみがえ》らせたのかもしれない。

＊　＊　＊

一九八六年四月。
いわゆる都銀三行が合併する前、ふたば銀行の前身である当時の日本實業銀行《にほんじつぎよう》には
いった南部は、三カ月の試用期間と研修を終えると、それまでの邦銀の常識をやぶって、いきなり資金証券部に配属になった。
ときはまさに債券ディーリング時代。

当時の債券市場は、国債の「指標銘柄」と呼ばれ、短期的な市場売買の中心だった特定の十年物国債の現物取引を中心に、ディーリング業務に特化した人材を育てる気運に満ちていた。

「指標銘柄って？」

「十年債の長期国債のなかでも、発行量が多くて、売買がしやすいもの、といえばいいかな。とにかく市場での取引の中心となる銘柄で、十年金利の指標になるものだ」

ときおり未久が質問をはさむと、南部はそのつど話を中断して、丁寧に説明を加えた。

日本国債は、発行の時期に従ってそれぞれに回号が付されている。国は毎月定期的に国債を発行しているため、それぞれの銘柄を区別するために回号が設定されるのだ。

そのころ取引の中心だったのは第八十九回債。日々の値動きを追いかけ、数十億円、数百億円という単位で巨額の資金を動かし、押し寄せる市場のうねりにさらされて、身も心も消耗させられながらも、着実に売却益を上げるのが南部たちに課せられた至上命令だった。

翌年、一九八七年の四月二日に、第八十九回債は、それまでの指標銘柄としては史上初の高値、利回りにして四パーセントを割り込んだ。

「四パーセント！　十年物の金利が四パーセントもあったんですか？」

末久が首を傾げるのも無理はない。

近ごろは、十カ月振りに十年物金利が一・三パーセントまで上昇したなどと、市場で騒いでいるような超低金利の時代である。直近の十年債の回号はすでに三百十回を超え、表面利率は一・二パーセントまで低下したままだ。

「そうだよな、驚くだろう。だけど、あのころは円の長期金利といえば五パーセント近辺が普通だった。もっと前は、ロクイチ国債なんて呼ばれた六・一パーセントの利率の国債もあった。さらに遡《さかのぼ》れば、ハチブリと呼ばれた八パーセントの利率の十年国債もまだ市場に残存していた時代だよ。ところが、そんな時代背景のなかで、日銀が短期金利をどんどん下げていったから、債券市場は過熱していったんだ」

当時の大蔵省が打ちだした規制緩和の波に乗って、証券会社や銀行といった金融法人だけでなく、一般の事業法人までがディーリングに積極的に債券市場に参加していた。本業を忘れ、財務担当者が毎日ひたすらディーリングに熱を上げるところも珍しくなかった。月初に四パーセントを割り込んだあと、月末には三パーセントも割り込み、ついに二・五五パーセントという当時の最高値を更新する。

「すごい上昇局面だったわけですね。まさに債券バブル」

「そのとおりだ。いまの『金相場《ゴールド》』だって同じだろう。バブルというのは、いつのときも似たようなものさ。ディーラーは、怖いけど、ついていくしかない。おっかなびっくり買いが進んでいった」

債券の市場では、利回りと価格はシーソーのようなもの。利回りが低下するということは、それだけ価格が上がるという意味である。

「さすがに高値の警戒感が出たよ。『高所恐怖症相場』なんて言葉まで飛び出す始末だったな。そんなあるとき、さすがにブローカーには二・五五五パーセントのところで売りを出す者が現れた」

「もはやここがピークかという思いだったんでしょうね」

「うん。一旦《いったん》売りが出だすと、たちどころに額が膨らんでな、二・五五五パーセントでの指値《さしね》の売りはあっという間に三千億円までまとまった。それだけじゃない、そのすぐ上の二・五五〇パーセントには、さらに二千億円もの売りが並んでしまったんだ」

「凄《すご》い、合計五千億円ですか。ずいぶんでっかい塊の売りですね。みんなそれを知って、ついに怖れをなして、売り始めたわけですね」

先まわりするように言う未久の目を見据えて、南部は一息間を置いた。そして、おもむろにまた口を開いたのである。

「いや、ところが、その逆だった」

「逆って？　まさか……」

「それを一気に全部買った男がいた」

いまも南部の脳裏に、そのときのことが灼《や》きついている。ずらりと控えた鷲くばかりの分厚い売りの層が、一瞬にして買い上げられた瞬間だった。

「うわ、恰好《かっこう》いい！　まさに勝負師。究極のリスク・テイカーですね。居並ぶ売り手をものともせず、史上初の高値を取りに行ったなんて、それでこそ剛腕ディーラーだわ」

未久は溜《た》め息まじりに言う。その目には限りない尊敬と、憧憬《どうけい》の色があふれている。

「きっとヒーローになりたかったんですね。その気持ち、わかるような気がします」

未久は頬を紅潮させ、小鼻を膨らませてさらに言う。

「そうか、未久はそう思うのか。だけど考えてみろ、国債の利回りは十年金利だぞ。一方でそのころの短期金利の原点である公定歩合は、二・五パーセントだ。たった一日の金利と、十年金利の差がわずか〇・〇五パーセントだなんて、どう考えても無理がある。公定歩合か、国債の金利か、いずれはどちらかに修正《コレクション》が起きる」

「短期金利のほうが下の方向に離れるのか、それとも国債の利回りのほうが上に向かうのか、道は二つにひとつ。市場がどっちを選ぶかで、彼の運命が決まるわけです」

「そういうことだ。その人は、当時ある大手証券会社のチーフ・ディーラーでな。いつも『日本の公定歩合は高すぎる』と、口癖のように吹聴していた」

自己陶酔の極致かもしれない。

史上最高値を、みずからの手で更新させてやる。彼はさらに高所に向かって登っていくほうの道を選んだのだ。

その震えるような恍惚《こうこつ》の瞬間ともいうべき二・五五パーセントがついたのは、だが、ほんのわずかな時間だった。

そして、それが天井だった。

「未久は、棒倒しという遊びを知っているか」

砂場に作った山の中央に棒を立てて、両脇から順番に砂を掻《か》き取っていくゲームである。砂をできるだけ多く取った者が勝者となる。ただし、最後に棒のまわりの砂を取って、棒を倒してしまったら負けだ。最後の砂をどうやって相手に取らせるかが勝負の鍵になる。逆に下手をして自分が最後のひと掻きを取らされて、負けをみるか。

知恵と判断力が試される。

だから、真ん中の棒に近づくほど、砂を取るのにも慎重にならなければならない。

「まるでロシアン・ルーレットだわ」

債券バブル崩壊という、過激な棒の最後の砂に手をかけたのは、その男だった。男は大胆にも大きく砂を取りに行った。無謀な、思い切った決断だった。そして、極限の達成感と、ヒーロー気分を味わったのである。

だが、バブルという巨大な棒は、恐ろしいほど速く、凄《すさ》まじい激しさで倒れてきた。華々しい史上最高値はその手でつけたけれど、次の瞬間、周囲の人間たちを一切合切道連れにして、奈落《ならく》の底に滑り落ちることになる。

「タテミ・ショックって、聞いたことがあるか」

道連れの代表的な存在となって、後の世まで語り継がれている企業がある。

「いえ」

未久は頬を強《こわ》ばらせ、首を振った。

「舘美《タテミ》化学工業という事業法人の財務担当者が、当時は債券先物のディーリングでずいぶん稼いで有名になっていてな、本業より財テクで収益をあげていた。内部留保の資金をただ遊ばせておくのはもったいない話だけど、なにせ、当時彼らは二千億円以上も相場に注ぎ込んでいたんだからな」

「どのぐらいの規模の企業だったんですか」

「総資産が三百億足らずの会社だったらしいから、どうやって資金を調達していたのか、元手の八倍近い資金を動かして、債券バブルにどっぷり浸りきっていたことになるな」

「ヒーロー志願者は、ほかにもいたんですね」

「相場は麻薬なのかもしれんな。みんなに注目されると、退《ひ》くに退けなくなるもんだ。

そのうち、バブルの神様がやって来て肩を叩《たた》くんだよ」

「肩を、ですか」

未久は目を何度も目をしばたたかせている。

「そうさ、天から降りてきてな、そばに立つんだよ。『もっと行け、まだ行ける。なにを怖がることがある。おまえはヒーローだ、大きな儲《もう》けが待っている』、ってな」

南部は耳元で囁《ささや》いてみせた。

「バブルの神様？　本当ですか？」

真顔になってこちらを見た未久の口許《くちもと》が、引き攣《つ》っている。

「バカ、冗談だよ。そんなことあるわけないだろう。未久があんまり神妙な顔しているから、ちょっとからかっただけだ」

南部は思わず小さく笑った。

「なあんだ、嘘なんですか。でも、そのあと、二・五五の五千億円を買いに行ったチーフ・ディーラーや、舘美化学工業は、どうなったんですか」

「その暴落局面で、そのタテミも最終的に二百九十億近い大損を出して、結局は倒産に追い込まれた。最悪なことに、そのニュースで、相場はさらに崩れたんだ」

報道されたのは九月二日だった。

それからの三日間はまさに地獄だった。似たような巨額損失を抱えている企業がほかにどれだけ存在するのか、疑心暗鬼がさらに相場への不信感を倍加させる。そうした企業に大量の融資をしている銀行側も彼らが倒産したら無傷ではいられない。

わずか三日間で、第八十九回債の利回りは一パーセントも上昇し、ニュースが駆けめぐった九月二日の債券先物の終値は一〇四円二〇銭だったのが、三日後には一〇〇円三〇銭にまで暴落していた。

地獄はいつ果てるともなく、延々と続いた。

当時の南部の先輩ディーラーが、市場の退け後に友人の行方がわからなくなったと、蒼《あお》い顔で騒ぎ始めたのは、それからまもなくのことだった。

＊　　＊　　＊

「その人、うちの銀行にいた人だったんですか？」

勘のいい娘だ。すでに話の先は読めているのだろう。

「いや、先輩の知り合いの証券マンだった。先輩とは大学の同期だったそうだ」

あのときのことは、いまでも忘れられない。その人は、たぶんいまの南部ぐらいの年齢だったのではないか。そして、あのころの南部は、いまの未久の年齢よりまだ一つ二つ若かったはずだ。

南部は一旦言葉を切り、はるか遠くを見るように視線を宙に泳がせた。あれは夕方のことだ。その日の東京市場がすでに終わり、次に開いたロンドン市場の動きをチェックしているときだった。

血相を変えて、先輩が南部のデスクに走ってきた。

「おい、南部。いまから俺について来い。捜すんだ。なんとかして、あいつを見つけださないと」

その真っ青な顔を見て、南部はすぐにただならぬことが起きているのを察知した。ただ、なにが起きているのかまではわからない。それでも、あの人の身になにかが起きて、なんとしても捜し出さなければならないことだけは理解できた。

南部は他の同僚たちや、他行の人たちと手分けして、考えられるありとあらゆる場所を捜し回った。

「なにかあったんでしょうか」

捜しているのは、もちろん南部もよく見知った男である。最初は、ディーラーたちの飲み会で紹介されたのだと思うが、そのあとも数回話をする機会があった。いつも先輩が一緒の席だったが、みるからに柔和で、穏やかな口調の人だった。

熟練の男性アナウンサーのような低くて渋い、落ち着いた声だったのを覚えている。どういうわけか、南部のことは親しげにいつも「ナンちゃん」と呼んでくれた。

ほかの同僚たちに対しては、名前をさんづけで呼んでいるのに、なぜ南部だけをそう呼ぶのかはわからない。おそらくたいした意味はなかったのかもしれないが、南部はそのことが嬉《うれ》しくてならなかった。

ただ、普段は冷静きわまりない人だったが、相場のことを語るときだけは、ドキリとするほど鋭い目になったのを覚えている。相場をこよなく愛する姿勢と、自分の仕事に寄せる矜持《きょうじ》が感じられて、南部はその人の発言に全神経を集中させて聞き入ったものだった。

南部がなにかを質問すると、それがどれほど愚問であっても、嫌がりもせず丁寧に答えてくれた。

「いいんだよ、ナンちゃん。わからないときは動くな。『休むも相場』という言葉があってね。わけがわからなくなっているときに、無理してまで動くことはない。いいか、ナンちゃん。大事なことだよ。忘れるな」

頼もしい人だった。南部の所属するような銀行とは違って、証券会社は収益をあげることを厳しく求められる苛酷《かこく》な競争社会だと聞く。厳しい世界を生き抜いてきただけの重い言葉だったのである。

そんな人がなぜ突然行方不明になったのか。あのときの南部は、理由を尋ねるのが怖かった。だから、事情も知らぬまま、いや、知るのをあえて拒むようにして、ひたすら走り回ったのだ。

あの人がようやく見つかったのは、行方がわからなくなってから三日も経ったあとだった。隣のビルの屋上から身を投げていたのだが、どういうわけか、壁の狭間《はざま》に墜《お》ちたらしく、そのせいで発見が遅れ、その分さらに惨《むご》い姿になっていたという。

損失額がもしも百億円を超えていたなら、きっとニュースになっていたに違いない。だが、この二十数年間、どこを探してもそんな報道がなされた形跡はない。彼の出した損失額がいくらだったのか、正確なところはいまも杳《よう》として謎のままである。おそらくは社内で、なんとか会計処理を済ませたのだろう。となると、損失額は数十億円程度ということだったのかもしれない。

「伝票がな、伝票が見つかったんだと……」

事情が事情だけに、ひっそりと身内だけで葬儀が行なわれた日の夜、職場に戻ってきた先輩が声をつまらせて伝えてくれた。彼が発見されたあと、席のまわりやロッカーのなかを整理していた同僚が、デスクの引き出しから取引伝票を見つけたというのである。

「買い持ちにしてあったポジションのことを、なんとか隠したかったんだろうな。だけど、無理なんだよ、売り買いの数字が合致せず、バレてしまうことなんか、あいつはもちろん百も承知だった。だから、もう逃げられないと思ったんだろうな。いや、それも違うかもしれない。もっと発作的に、ふらふらと出ていって、なにかに吸い寄せられるみたいに飛び降りたんじゃないか」

先輩は、どこへもぶつけられない悔しさを、何度も反芻《はんすう》するように繰り返した。

「だけど、実際にはあと少しだったんだ。あと一ヵ月、いや、あともう半月でもいいから持ちこたえていたら。そうしたら、あいつは、あいつは死なずに……」

南部に向かって、流れる涙を拭《ぬぐ》うことも忘れたように先輩は言った。相場が回復し、そのお蔭《かげ》で含み損が一気に消え、すべてはうまくいったのにと。

＊　＊　＊

「ねえ、次長。それって九月のことですよね。それに、さっき一九八七年とおっしゃっていませんでしたか？」

「そうだよ」

「となると、その年の十月十九日が、たしかブラック・マンデーだったのでは？」

ニューヨーク・ダウが、五百ドル以上の下げを記録した「暗黒の月曜日」のことは、金融に関わる人間でなくても、ある種の痛みとともに思い出す出来事だろう。

ウォール街を襲った激震は、世界の株式市場に飛び火した。もちろん、日経平均株価も無傷ではなく、一四・九パーセントに及ぶ過去になかった下げをみせた。

それを受けて、日本の中央銀行はこれまで以上に積極的な金融緩和策に転じた。おりしも、その二年前のプラザ合意以来、為替《かわせ》市場では円高基調が止まらない。輸出産業が受けたダメージは国内に不況の種を撒《ま》き散らし、日銀はすでに緩和策に舵《かじ》を切っていた。

一方で、当時の政府は歳出削減路線を敷いていたので、円高対策としてはもっぱら日銀に頼るしかなかった。彼らとしては、本来ならば景気の過熱感を警戒する立場だったのだが、史上最悪の株価の暴落を目の前に突きつけられてしまったからには、金利を引き下げるよう動くしかなかったのである。

「ということは、金利は低下ですよね。つまり、債券市場はV字回復を？」

問いかける未久に向けて、唇を結んだまま南部は大きくうなずいた。

「この世は皮肉に満ちている。あれほど悲惨な下げを演じた債券市場は、今度は谷底から一気に山頂まで駆け登ることになるんだな。国債市場は暴騰につぐ暴騰。株価も急騰して、円高、株高、債券高のトリプル高。バブルは頂点に向かっていったのさ」

これまでの地合いとは正反対の激しい市場の動揺ぶりにも、ディーラーたちはついていくほかなかった。

「だけど、亡くなった方は、それでは浮かばれませんよね。あと少し待ったら、という意味がようやくわかりました。なにも焦って死に急ぐことなんかなかったんだわ」

未久も声を詰まらせる。

「上げるも、下げるも、どっちも地獄だよ。いくら悔しがったって、どんなに地団駄踏んだって、失ったものは二度と返らないんだから」

揺さぶられ、振り回され、踏みにじられ、それでも自分を見失わないことだ。その方法を誤ると、自分を死に追い込んでしまうか、あるいはそこまで行く前に精神を病んで、人生を破滅させてしまうかだ。

「なあ、未久。忘れるな。おまえがはいってきた世界は、そういうところなんだぞ」

そうやってみずから堕《お》ちていった人間をこの目で何人見てきたことか。それだけに南部は、かえって軽々しく口にはできないのだ。

そして、たとえどんなに悲劇を生んだとしても、それすらもすべて呑《の》み込んで、次の瞬間にも市場は、また別の方向に動いていくものだ。

「それが市場……」

そうだ、未久よ。それが市場というものだ。

「だけど、おまえは好きで飛び込んできた。だから、生き残りたかったら負けないことを考えろ。損を出すのは仕方ない。世界中どこにも損を出さないディーラーなんかいやしない。それでも、心底負けたらおしまいなんだ」

周囲に誰もいないいまだからこそ、本音で言ってやる。南部はまっすぐに未久を見た。

ここは戦場だ。

非情で、残酷な、極限の戦いの地だ。だけど、相手は他行のディーラーでも、海外の投資家でも、ましてや、市場そのものでもない。

闘う相手はおまえ自身なのだ。それを肝に銘じて覚えておけ。南部は心のなかで叫んでいたのである。

＊　　＊　　＊

「それにしても、こうやってあらためて見てみると、市場《マーケット》というやつは、いつかは必ず窓を埋めにいくようになっているものなんだな」

南部はしみじみと言ったのである。目の前のモニター画面には、歴史的な暴落劇を演じた相場を描いたチャートがいくつも並んでいる。

「え、窓ですか？　その窓を埋めにいく？」

未久は南部のすぐ隣にやってきて、その画面を覗《のぞ》き込んだ。

「そうだよ。みんな頭では知っているのさ。だけどな、それもこれも、過ぎてから、あとになってからだからわかることだ。そのとき渦中にいたんでは、そんなこと誰にも予測はつかない」

　珍しく弁解じみたことを口にした南部に、未久はさらに迫ってきた。

「すみません、窓ってなんのこと？　マーケットが窓を埋めにいくって、どういうことなんですか？」

「これだよ」

　南部は画面のなかに映し出されているチャートを指さした。ローソク足と呼ばれる相場解析のチャートである。縦軸で価格の変動を、横軸で時間の経過を表すものだが、一日単位で動きを描いたものを日足《ひあし》、週単位なら週足《しゅうあし》、月単位で表したものは月足《つきあし》などと呼ぶ。およそディーラーと名のつく職業なら、一度も目にしたことがない者はいないだろう。それほど古典的でもあり、すべての基本にもなり得る相場のテクニカル分析だ。

　日なら日、月なら月ごとに、始値《はじめね》と終値《おわりね》、その期間内につけた高値と安値の四つを組み合わせ、時系列に沿って表した棒状のグラフ。始値より高い終値で市場が終わったときは白いローソク状の棒になり、下げ相場で終値が安かったときは黒いローソクに塗り潰《つぶ》す。上げ相場を表す陽線と、下げたときの陰線の変化を、なんとか次の相場予測の一助にしようと、昔から誰もが目を凝らして追いかけてきた。

「え、これ、ですか？」

未久にはピンとこないらしい。

「これの、どこが窓なんですか？　すみません、わかるように教えてください。『窓埋め』とかっていう相場用語は、さっきのブログにも書いてあるのを読みましたけど、具体的になんのことか説明していないんです。ねえ、次長。相場に窓なんてあるのですか」

いまはもう東京市場が終わって、ロンドン市場の動きもチェック済みだ。今夜のニューヨーク市場も、週末だけに、たいした動きはないだろう。そろそろ帰り支度をするつもりでいたところだが、もうしばらくつきあってやるしかないかと、南部は椅子に座り直した。

相場の窓。

たとえば、市場価格の下げ局面において、その日の高値が、前日の安値にまでも届かないときというのがある。前の日の終値より安く始まって、いくらか上下の動きを示したものの、それでも前の日の安値にさえ及ばなかった、という場合である。

それを日足のローソク足チャート上で描くと、前日の安値から当日の高値の間にぽっかりと間隔が空く。

これを「窓」と呼ぶのである。

「見てみろ、この部分だ」

「これは債券先物のチャートですか。一九八六年の後半から一九八七年までのもの」

南部の指先を見ながら、未久が言った。

「あ、ここですね。たしかにはっきりと隙間が空いています。月足のチャートだとさらにはっきりわかりますね。これが、窓？」

不吉なまでに黒々と、一直線に長く伸びる陰線は、暴落がいかに大規模だったかを物語っている。ローソクの足が長ければ長いほど、値動きの幅が大きいことを意味するからだ。そして、その隣の黒いローソクとの間に、くっきりと途切れた空白があるのが見てとれる。

「そうだ、そこだ」

なにも描かれていないその空白に、隠された叫びがある。そこから、ディーラーたちの凝縮された呻《うめ》き声が聞こえてくる。

「相場が窓を開けるときはな、それまでの連続的なトレンドが変わったことを表すサインなんだ」

だから耐えきれない思いで、南部はまた言った。

「変化のサイン？」

「上がるか下がるかは、そのときそれぞれだけど、とにかくそこから方向転換をして、新しいトレンドが始まったと解釈する。マーケットのプレイヤーたちは、頭を切り替えて新しい動きを始めるものだ」

だが、ここで、あの人は「買い」の伝票を書いた。

恐ろしいまでの含み損を抱えたポジションを、この窓のレベルまで来たら売り逃げようと、ひたすら相場の回復を待っていたのに違いない。

だけど、窓はすぐには埋まらなかった。それどころか、暴落はそこからさらに下へ下へと、新しい地滑りの局面に突入した。

いつの日か、それも近い将来に相場が上昇して、この隙間の部分、価格がひょいと飛び越えてしまった窓の部分をカバーする動きが来る。その「窓埋め」の瞬間を切に願って、あの人はひたすらじりじりと焦《じ》れながら、待ち侘《わ》びていたのだろう。

「あ、わかった、この部分だわ。その窓埋めの上昇トレンドは、ここなんですね」

弾《はじ》けるように言って、未久がグラフの別の一箇所に指をあてた。

「この白いローソクが何本も連なっている部分が、十月のブラック・マンデーなんだわ。株価の暴落で、金利が下がって、債券市場のほうは百八十度方向転換、本当に急速の回復をしたのがよくわかります」

暴落相場の始まりに開けた相場の窓は、翌月の急上昇であっけなく埋まっている。それどころかそれ以上の高値までもつけている。

「タテミ・ショックの起きる前のレベルまで、一気に戻っていますね。可哀相に、その人はこのわずかな間に命を絶ったんですか……」

チャートの上では、陰線と陽線の単純なラインに過ぎないのだが、ここにディーラーの運命が隠されている。

「仕方がないんだよ。それがディーラーというものだ。いいか、未久。こんなちっぽけな狭間《はざま》で俺たちは生きているんだ。だから、このチャートを目に灼《や》きつけておけ。いいな、絶対に忘れるなよ」

多くを言う必要はない。いつか彼女自身にも、追い詰められることが必ずある。そういう状況に直面して、身動きが取れなくなったとき、このチャートの窓がなにかを語ってくれるはずだ。

南部はそう言って、大きく息を吐《は》いた。

＊　　＊　　＊

そんなことがあってから、どれぐらい経っただろうか。

あの夜、南部がした昔話などけろりと忘れたかのように、未久はこれまでと変わらず明るかった。

まだ自分でポジションを持って取引させるまでにはいたらなかったが、先輩ディーラーのディールのサポート役として、気を抜くこともなく働いている。ときおりなにやら失敗をして、先輩に叱られているところも見かけたが、どうやら回復も人一倍速いようだ。

相変わらず大きな声で笑い、遅くまで居残っては、あたりかまわず先輩をつかまえて、質問攻めにしている姿を、南部もたびたび見かけていた。

南部は南部で、ふたば銀行の債券部門を担う事実上の責任者として、市場動向を注意深く、だが醒《さ》めた目で冷ややかに見つめ、対応していた。

南部の相場観に揺るぎはなかった。

生来の天《あま》の邪鬼《じゃく》でもあり、若いころからどちらかといえば「逆張り」、つまり相場の流れのあとをついていくフォロワーではなく、むしろ相場に対峙《たいじ》し、流れに逆行するように動きたくなる傾向がある。それは自分でもよく知っていたし、だからといって、無謀なことをしでかすほど、もう若くはなかった。

それなのに、なぜあんなことになってしまったのか、それは当の南部自身にも説明がつかない。買った時点より、すでに市場のレベルはじりじりと下がり、たいした額ではないまでも、含み損を抱えていた。

「次長、もしかしたら、バブルの神様に肩を叩《たた》かれたんじゃないですか?」

未久はわざわざそばにやって来て、笑みを浮かべて軽口を叩いた。あきらかにからかっている声音である。まだそのときは、未久のような新米にまでそんなふうに言われる程度の含み損だった。

「うるさい。黙っとれ」

南部はそう一喝したが、もちろん冗談だ。本気で怒るほどのことでもない。いや、本当に未久の言うとおりかもしれないと思うほど、そのときの債券先物市場で作った買いポジションは、自分自身でも説明のつかない行為だった。

買いたかったわけでは決してない。というより、みずからの信念をなかば試しにいくような買いだった。抱き続けてきた持論に、一度ぐらい真っ向から抵抗してみたい。そんな屈折した思いが根底にあったのも事実だろう。そんな油断が、心の隙間を生んだ。

政治家たちは相変わらず、国民生活よりも自分の党の支持率や、票集めしか頭にない。バラマキと揶揄《やゆ》されても仕方のない財政出動を口にし、見通しも、財源の裏付けもないリップ・サービスを繰り返している。

その場しのぎのパッチワーク政策で、さらに財政赤字を膨らませ、市場に垂れ流すように巨額の国債を発行する。

そんな日本国債を、買い続ける理由がどこにある。

心の底ではそう叫びたい思いだったが、無念なことに、他に買うものがない。停滞する国内経済に、加速する人口減少では、資金需要の拡大など望めるものではなかった。だから、企業向けの融資は縮小する一方で、ふたば銀行自身の運用資金は国債市場に向けるしかない。

「クジラって呼ばれているんですってね」

未久は容赦なく指摘してきた。

メガバンクの投資姿勢が、図体《ずうたい》ばかり大きくなって身動きが取れなくなった「池のなかのクジラ」に喩《たと》えられるようになってから、もうどれぐらいになるだろう。

未久は他人事《ひとごと》のように批判しているが、それが日本のメガバンクの実態だ。郵貯も、簡保も、年金の資産運用も、そしてふたば銀行のようなメガバンクも同様だが、国債の保有額はすでに数十兆円から百兆円の規模にまで膨らんでいる。

一方で、債券先物市場の取引高を見ると、日々の出来高はせいぜいが二、三兆円といったところだ。週末気分の残った月曜日など、取引の少ない日ともなれば、一兆円台ということもあるぐらいだ。

口では財政再建を訴えているが、本心から実行する気もなければ、手立ても知らない政治家たちに、国債市場の現実を説いても無駄なだけだ。

膨張の一途をたどるこの国の借金の残高と、前向きな議論のできない政府を見ている限り、国債市場の消化能力など早晩限界に達するのはあきらかだ。

だが、万が一にもなにかが起きたとき、仮にメガバンクが市場に売りに行こうと思っても、そんな巨額の国債に対して、まともな買値を出せる者などいるわけがない。売りたくても売るに売れない状況に陥る姿を、「池のクジラ」とはよく言ったものだ。池に閉じこめられ、身動きのとれないクジラの悲哀に喩えられても、馬鹿ばかしくて怒る気にもなれない。

理論でいくなら「売り」なのだ。ところが、たとえそうであっても、消去法のほうが優先されるのがいまの国債市場である。南部が日々のディーリング玉として、債券先物を買い持ちにしておいたのは、そんなディレンマゆえのことだった。

だが、悪いときには、悪いことが重なるものだ。

まさか、あんな事態が起きるとは、思ってもいなかった。

いや、いつか起きるだろうと、ある程度は予測していたが、それがこんなに早くなるとは、考えていなかったのである。

＊　＊　＊

「次長、大変です！」

最初に声をあげたのは奥村伸哉《おくむらしんや》だった。もっとも信頼のおける中堅の部下の一人だ。短い昼食を終えて一息吐き、さほどの目新しい動きもなくて、いささか気持ちが緩んだ午後二時過ぎのトレーディング・フロアに、にわかに衝撃が走った。

「なんだ、奥村。なにがあった」

声のほうに顔を向け、南部は椅子から立ち上がった。

「格下げです。スタンダード・アンド・プアーズ《S&P》社が、ついに米国債の一段階《ワン・ノッチ》格下げを発表しました」

「なに、そんな馬鹿な、なんでこんな時間に……」

日本国債の格下げぐらいなら、影響は限られている。けれど、米国債となれば話は俄然《がぜん》違ってくる。たしかにこのところのアメリカは、市場から巨額の米国債を買い入れ、大量に資金を放出してきた。つまりは、次々とドルを増刷して、その金で国債を買い、市場を支え、ついにはみずからが自国の最大の債権者になるという無節操振りを見せていた。

おのずと自国通貨の価値を薄め、信用を落としてまでも、輸出力を高めようとしているのだから、結果として米国債の格付けを下げられても不思議ではないかもしれない。それに、一部の格付け会社がすでに見通しをネガティヴに変えたと発表し、警鐘を鳴らしてきたのも事実である。それでも、世界的な影響を考慮して、実際の格下げにはいたっていなかった。

それなのに、わざわざ東京時間のこんな狭間を選んで、どうして不意打ちを食らわすように発表するのだろう。南部は納得がいかない思いを抑え、事態をどう受け止めるべきかと素早く思いをめぐらせた。

日本国債のように九割以上を日本人投資家が保有しているのと違って、米国債は半分以上を米国以外の国が支えている。しかも、かつての勢いは薄れつつあるとはいえ、アメリカはいまも政治や軍事、経済の分野で世界の中心となる国だ。

世界の外貨準備の約六割はドルで保有されており、資産通貨としても、さまざまな貿易における決済通貨としても、ドルはいまも世界で最大の力を持つ。

長年トップクラスのAAA《トリプル・エー》を保持してきた米国債が、仮にも格下げになったとあれば、その影響は尋常なもので済むはずがない。もちろん、日本の国債市場への波及も計り知れないものがある。むしろ、このところの日本の債券市場は、米国債の動きをなぞるように動いてきた。

今回の突然の格下げの背後に、なにがあるのかまではすぐにはわからなかった。だが、なにをおいても対応を急がなければならない。ニュースが出る数秒前、先物市場に提示されていた買値は一三八円九三銭。それがいきなり一三八円ちょうどに取って代わったかと思うと、出合いを示すしばらくの点滅のあと、次に現れたときには一三七円五〇銭まで落ちていた。

「売れ！」

咄嗟《とっさ》に、南部は叫んでいた。

「なにしてる。損切りだ！　並んでる買値《ビッド》を全部ヒットしろ。売って売って、売りまくれ！」

ほとんど絶叫に近かった。ここで損を確定しておかないと、このあとどんな悲劇が待ち受けているかは想像もつかない。

だが、次の瞬間、目の前のブローカー画面からすべての数字が消え失《う》せた。

「ダメです、次長。売れません。ビッドがないんです」

すぐに別の方向から声があがる。

「次長！　サーキット・ブレーカーが働きました。債先市場は取引中断です」

なんということだ。ニュースが流れてから、まだ二分と経っていないのに。

債券先物は二〇〇八年一月に制度改正があり、値幅制限が三円と定められた。まず二円下げたところで一旦《いったん》中断させ、過熱感を冷やすべく時間稼ぎをしたあと、十五分後に市場取引を再開するのが原則だ。

「現物市場のほうはどうなってる。情報を集めろ」

南部の怒鳴り声が、緊迫したトレーディング・フロアに響き渡った。その一方で、仲間のディーラーたちに電話をかけまくり、相場の実態を把握する。

「次長、ポートのほうから電話です。どうなってるのかと訊《き》いてこられています」

ふたば銀行自身の資産運用部門《ポートフォリオ》の担当者からだと？　融資の伸び悩みを背景に、長年国債を買い募って、たっぷりと贅肉《ぜいにく》を蓄えてきた巨大なクジラが、ついにのしりと動きを始めるのか。

「そんなものに出ている暇はない！」

思わず大声で叫んでいた。そして、南部はすぐに気を取り直して、また言った。

冷静になるんだ。いまは、どれだけの損失になるか想像もつかないが。自分が感情的になったのでは適切な判断力を失ってしまう。

「すまん、奥村。おまえが説明してやってくれ。俺はいまのうちに現物を売るから。みんな、聞いてくれ。まず百億のビッドを探せ。いや、もしも買うところがあったら、三百億でも五百億でもいいぞ」

「はい、次長。でも……」

債券先物市場で売れない分、現物を売ってリスクを軽減する必要がある。どんなことよりも、いまはその作業を優先させたい。損失を可能な限り抑えたかった。

だが、そんな焦りにも似た思いを抑え、南部は電話に出た。

「あ、部長。はい、取引中断です。サーキット・ブレーカー制度が発動されたんです。

まもなく再開しますが、すぐにあと一円落ちて、瞬間的にストップ安で引けるでしょう」

舌を嚙《か》みそうなほどの速さでそこまで言ってのけると、受話器を置く前に、慌ててまた付け加えずにはいられなかった。

「でも、大丈夫ですよ、部長。それより落ち着いてください。市場はパニックになっていますが、少しすればそのうち落ち着きを取り戻します。むしろ、いまうちが慌てて狼狽《ろうばい》売りを出したりしたら、それこそ傷が深くなるだけです。だいいち、売りたくてもこんな地合いで大きな塊《ビッグ・チャンク》の売りなんか買い叩《たた》かれるだけです。いえ、まず買値《ビッド》を出すところがないでしょう」

無念でならないのは、南部の言葉が正し過ぎるほど正しかったことだ。債券先物市場は、まもなく再開したが、瞬時に一円分の下げを見せ、ストップ安のまま引けた。

次の日も、同じメカニズムで三円下げた。

いつも以上に早朝から出勤してきたが、市場が開いた途端またも瞬時に二円下げ、サーキット・ブレーカーが発動された。さすがに再開までは三十分を要したが、案の定開いた途端にまた一円、安い気配値だけが虚《むな》しく示されて、すぐに消えた。

一日を通して、実際に出合いがついた取引額はごく限られていた。ただ、気配値だけがするすると落ちていく。現物市場も昨日と同じで、売りたい人間は殺到しても、買いたいところが見つからない。

事態の深刻さを憂慮した金融当局が集まって、次に控えている日本国債の入札をどうするか、協議は揉《も》めに揉めている。経済ニュースのベンダーが、何人もの学者やエコノミストの分析をまとめて流すなかで、ドルは売られ、それによる円高を嫌気《いやけ》して、株価も下落の一途をたどっていた。

ドル安、株安、債券安——。

実際の売買はほとんどストップしたままで、息苦しさばかりが募っていく。

前日の水準からすると、債券先物はもはや六円の下げである。南部は頭のなかでざっと損失額の合計を弾《はじ》き出して、長い長い溜《た》め息を吐いた。もしも損失額が数億円程度でおさまっていたなら、南部が責任を取り、左遷されるぐらいで済むのかもしれない。だが、すでに含み損はその百倍どころではなくなっている。しかも、この先どこまで膨らむか、南部自身にさえ想像がつかないレベルにまで達している。

昨晩、あれこれ考えると胸が苦しくなり、一睡もできなかった。泥水を吸えるだけ吸い上げた雑巾《ぞうきん》になった気分だった。その身体に、相場下落の重みがさらにずしりとおおいかぶさってくる。

二晩目はオフィスのデスクで迎えた。

米国債の動向が気になって、ニューヨーク支店の連中と電話を繋《つな》いで、徹夜の会議を開いたからだ。

「ちょっと嫌な感じです。おそらくムーディーズも、まもなくS&Pに追随して、格下げを発表する様子です。日本としては、アメリカ政府への政治的な配慮もありますからね。そう表立って、米国債の売りを浴びせるわけにはいかない。だから、米国債を売れない分、日本国債を売りに出しているものと思われます」

ニューヨークの連中は、どこか他人事《ひとごと》のように冷静だった。

「しかし、今回の下げはたかがワン・ノッチですよね。仮に米国債を売ったとしても、そこで出てくるキャッシュを次に振り向ける行き場がありません」

「おっしゃるとおりですよ、南部次長。ただ、今日あたりのこちらの動きとしては、米国債を売って、その代わりにドイツ国債が買われているようです」

「ドイツ国債？　そんなの無理だ。市場規模が小さ過ぎますよ。ドイツ国債の市場になど、とても米国債の代役なんか務まるわけがない」

南部は吼《ほ》えた。祈るような気持ちだった。国債、金融債、社債の合計で見る債券市場の規模は、米国を一〇〇とすると日本が半分弱。ドイツはアメリカの五分の一にも満たない小ささだ。

「おそらくいまのパニックは一過性のものに終わります。それは間違いない。ただし、問題はその分岐点です。いつ、どの時点でトレンドが転じるかですね」

そこまでどうやって気力を持ちこたえるか。市場と、南部自身との、持久戦の始まりだった。

三日目の朝、洗面所に行って冷たい水で何度も顔を洗った。ハンカチで拭《ぬぐ》うついでに鏡を見ると、無精髭《ぶしょうひげ》をはやしたくたびれた中年男が、脅《おび》えきったような目でこちらを見ていた。

これが俺か。国債市場のトップ・プレイヤーとして、長いあいだ注目を浴びてきた南部光一の実態なのか。いずれ膨大な損失額が世間に公表される。その額は計り知れないほどのものとなり、ふたば銀行始まって以来の屈辱の歴史として後世に残ることになる。

ボーナス・カットはもちろんだが、次長の座を追われるのは間違いない。閑職に追われようと、解雇されようと、そんなことはどうでもよかった。

それ以前に、どうしてあの時点で買いを入れてしまったのか。

それがなによりも悔やまれた。

泣きたい思いでデスクに戻ったが、三日目も案の定、市場は開いた瞬間にストップ安に陥った。これで都合九円も下げたことになる。

市場はすでに、かつて誰も踏み込んだことのない暴落の世界に突入しているのだ。

今朝も役員たちが緊急に招集され、南部もあれこれと質問攻めにあった。最大の問題は、損が確定できないことだ。もはや会計処理で隠しとおせる範囲はとうに超えている。彼らは南部たちの部門そのものを閉鎖させる気らしいが、そんなことで済むほど簡単な話ではない。ふたば銀行そのものの存亡の危機とも言える事態なのだ。

もはや、なすすべがなかった。

未久ともときおり目が合ったが、なにか言いたそうな顔をしながらも目を伏せて、通り過ぎていった。周囲の部下たちも、もはや誰一人声をかけてこない。落ちぶれたチーフ・ディーラーを遠巻きに見るだけで、腫《は》れ物に触れないようにとの配慮なのか、それとも爆発物を怖れているような顔つきだ。

疲れ果て、消耗しきった重い身体で、廊下を這《は》うようにして朝のミーティングに顔を出すと、会議室に来ていた出席者たちからの射るような視線が刺さってきた。

「そろそろ潮時ではないでしょうか。これ以上時間を稼ぐのは、かえって逆効果では」

クジラが、ついに重い腰を上げて、具体的に国債の売りを出すチャンスを口にし始めた。

やめてくれ。いま、ふたば銀行のポートフォリオがそんな言葉を口にしたら、もうそれだけで相場の底が抜ける。

本当はそう叫びたい思いを、かろうじて呑《の》み下《くだ》す。口を開く気力すら残っていなかった。目を開いていても、なにも飛び込んではこない。天井が徐々に下りてきて、自分を押《お》し潰《つぶ》そうとしてくるような、壁が少しずつ迫ってくるような、そんな幻覚すら見えてしまう。

三日連続のストップ安で、債券先物価格は九円に及ぶ下げを記録していた。もっとも、出合いはついていないので、本気で売ろうとしたら、どのレベルの買値が現れるのか見当もつけられない。

現物を含めて、実際にはもうどれぐらいの損失が膨らんでいることだろう。

南部が辞表を出したぐらいでは、どうにもならない膨大な金額だ。行くも地獄、戻るも地獄。

そうか、今度は俺の番だと言うんだな。わかったよ。俺の生命《いのち》を差し出せというならくれてやる。南部は取引停止になったまま、ぴくりとも動こうとしないモニター画面に向かって吐き捨てた。

暴落相場は、誰か死人が出たら下げ止まる。いまさらながらに古い言葉が頭に浮かんでくるが、いっそこの身を抛《なげう》ったら、楽になれるのだろうか。

そんなことまで考えながら、南部は足を引きずるようにして、デスクに戻った。

楽になりたかった。もう十分だ。これ以上は無理だ。市場が生《い》け贄《にえ》を求めているのなら、いくらでもくれてやる。自分には惜しむものなど、もはやなにも残されていない。

視界が急に狭くなり、身体中に寒気が走った。

頭が働かなくなっている。

そのくせ心臓だけが、妙に激しく波打っている。

どさりと椅子に倒れ込み、デスクに突っ伏して引き出しを開けた。真新しいカッターナイフが目にはいった。それを手に取り、刃を長く引き伸ばした。銀色の刃先が妖《あや》しげに光っている。愚かな敗者を嘲笑《あざわら》っているようにも、見えてくる。

もういい。もうなにもかも終わりだ。楽になれる。これでやっと楽になれる。

ふと、母の顔が浮かんできた。

妻の顔でもなく、大学四年生の息子でもなく、こんなときに浮かんでくるのが母の顔だなんて、心底くたばっている証拠だ。去年の秋、友人たちと温泉に出かけたときはあんなに元気だったのに、クモ膜下出血とやらで、変わり果てた姿で帰ってきた母を見たあのときから、俺の人生は少しずつ狂い始めたのかもしれない。

なあ、母さん。もういいよな。俺は頑張ったよな？　なあ母さん……。

口のなかでつぶやきながら、南部はゆっくりと目を閉じた——。

＊　＊　＊

「起きろ、ナンちゃん。起きるんだ！」

激しく両肩を揺さぶられ、南部はふと目を開けた。

懐かしい声だった。間違いなく、どこかで聞き覚えのある声だ。

だが、あたりはすでに真っ暗で、目をしばたたかせても焦点が定まらない。自分がどこにいるのか、すぐには思い出せなかった。

無意識に壁に目をやると、デジタル時計は二十二時十七分を示していた。隣に並んだ時計では午後の一時十七分、さらにその隣は朝の八時十七分。ロンドン時間とニューヨーク時間の表示である。

「ナンちゃん。起きろ！」

肩を強くつかまれた感覚が、いまもワイシャツの肩にはっきりと残っている。耳の奥にもさっきの声の余韻があった。

ハッとわれに返って、南部は両手で強く頰を叩《たた》いた。いつの間にかデスクに突っ伏して眠り込んでしまっていたらしい。三日間もオフィスに泊まり込んで、ろくに寝ていなかったせいだろう。

反射的に目の前のモニターを見ると、ここ数日、死んだように動かなかったブローカー画面に、ずらりと数値が並び、激しく点滅を繰り返している。

一三八円九八銭。

なんだって、いつの間にこんなに値が戻ったんだ。

この時間帯ならロンドン国際金融先物オプション取引所《LIFFE》の値動きだろう。いったいなにが起きたというんだ。だが、南部には詳しく考える暇はなかった。

「相場が窓を埋めに動いている。売るんだ。いまなら損がカバーできる」

南部はキーボードを手前に引き寄せ、憑《つ》かれたように叩き始めた。急がなければ。ブローカーに早く売り注文を出さないと。

「あ、次長、起きていらしたんですか」

そのとき、未久が両手にハンバーガーの袋を抱えて部屋に飛び込んできた。二人分の夜の食料を調達に行っていたらしい。

「おい、手伝え、未久。売るんだ、相場が戻っている」

南部は大声を張り上げた。

「なんですって？　なにかニュースが出たんですか」

「考えるのはあとだ、それより手を動かせ。売るんだ」

「わかりました、次長」

言うがはやいか、未久は電話機に飛びついた。

「出来ました。取引成立《ダン》です！　簿価の平均と同価格です」

「そうか」

「損はナシです。儲《もう》けもナシですが」

「バカタレが」

それだけ言うのが精一杯だった。笑いがこみあげてきたが、そんな体力も残っていない。よかった。これでかろうじて損は免れた。

「次長。見てください。また買値は落ちてますよ。さすがです。ほんの一瞬のタイミングでした。よく起きられましたね。さっきまでは死んだように眠ってらしたのに」

感極まったのか、未久も椅子から立ち上がった。笑った顔がすぐに歪《ゆが》み、その大きな瞳《ひとみ》に涙が見る間にあふれてくる。そのかわりに右手を高々と挙げ、人さし指と中指で勝利《ヴィクトリー》サインを出していた。

「起こしてくれた人がいたんだよ」

市場というものは、ときに人知を超える動きをするものだ。それに、南部のことをナンちゃんなどと呼ぶ人は、ほかには誰もいやしない。

「なにを寝ぼけているんですか、次長。今夜はなにも起こらないだろうからって、みんなとっくに帰っちゃいましたよ。私と次長以外には、誰も残っていませんから」

未久はもう軽口を叩き始めている。だが、こんな晴れやかな笑い声も久しぶりに聞く気がした。

財務省の階段

部下に死なれてしまった男の気持ちなど、わかってくれと言うつもりはない。そんなことは端《はな》から望んでもいないのだが、そうは言っても、こんな気持ちをどこへぶつければいいのだろう。一ヵ月の休職を終えて職場復帰してきたあいつを、ようやく自分の元に引き受けてから、まだ三ヵ月あまりしか経っていないのだ。

ありえない。こんなことがあっていいはずがない。

芹川輝之《せりかわてるゆき》はこみあげてくるやりきれなさと、どうしようもない疑念を、振り払うことができずその場に立ち止まった。

あいつ、原田慧《はらださとる》は、わずか二十五年の生涯だった。四十六歳の芹川からすれば、半分ほどの短さである。生きていればもっと楽しいことが待っていたのになどと、ありきたりの無責任なことを言うつもりはさらさらないが、いくらなんでも早過ぎはしないか。しかもよりにもよって、みずから生命を絶つなど、芹川にはどうあっても受け入れられるものではない。

人目を忍ぶようにひっそりと行なわれた通夜の席を、いたたまれずに抜け出してはみたものの、さりとてそのまますぐに帰る気にもなれなかった。芹川は道路の端に立ち尽くしたまま、握りしめた拳《こぶし》を震わせ、何度も長い息を吐《つ》いた。早々と出てしまった芹川のあとを追いかけるようにして走って来た中沢政昭《なかざわまさあき》が、激しく息を切らしながら声をかけてくる。

「待ってくださいよ、芹川課長。僕も一緒に帰りますから」

聞こえているのに、振り返ることもせず、返事もしないでまた歩き始めた芹川に、一歩遅れて従いながら中沢は続けた。

「それにしても、原田のやつは馬鹿ですよ。なにも死ぬことはなかったんです。いったいなにを考えていたのか、僕にはさっぱりわかりません。仏様にこんなこと言っちゃあなんだけど、あんな死に方をされたんじゃ、こっちだってねえ。たまりませんよ、まったく。ね、芹川課長」

財務省主税局調査課でこの三カ月ばかり、中沢はあいつと机を並べていた。それだけに、言わずにはいられないのだろう。通夜の場で抑えに抑えていたものが、ほとばしるような言い方だった。

信じられないのは、この中沢も同じなのだろう。無念な思いもよくわかる。だが、芹川は声を発することさえ億劫《おっくう》に思えて、前を向いたまま、ただうなずいただけだった。

こちらが黙っているから、余計に気遣ってくれるのか、中沢は心配気な声でさらに続けてくる。

「でも、鬱《うつ》っていうのは、そういうものだって言うじゃないですか」

「そういうもの?」

芹川はようやくそれだけ訊《き》いた。

「ええ、本当に症状が悪いときより、むしろ良くなってきたころが危ないんだそうです。いつでしたか、テレビだか新聞だかで見たことがあるんですよ。快復し始めてきたときが要注意なんだって。ですから、今回のことは、なにも芹川課長が気にされることはないと……」

同じ部署の後輩だったとはいえ、中沢からみれば、死んだ原田が調査課にいたのはわずか三ヵ月あまり。いや、その間もたびたび休みがちだったから、彼にそれほどの思い入れがないとしても無理はない。

それよりむしろ中沢にしてみれば、統括の上司である芹川の心中を察し、何倍も心配していると言いたいのだろう。直属の上司として、あるいは組織をまとめる課長として、原田のことでなにもそこまで気落ちすることはない。責任を感じる必要などないのだと、中沢なりに元気づけているつもりなのである。

あいつが芹川のところに移ってくる前の部署で、しばらく病欠をしていたのは事実だった。軽い鬱病の症状があったとも聞いてはいるが、その原因がなんであるかまではわかっていない。あれほどの人材を、妙な誤解で潰《つぶ》してしまうのはしのびない。そんな思いで、原田の受け入れを申し出たのは芹川のほうからだった。

「そうかな」

一言そう返しただけで、さっさと歩を進める芹川に、中沢はまたも小走りについてくる。その言葉がさらに愚痴めいた調子を帯びてきた。

「そうですよ、課長。まあ、こんなことを何回言っても虚《むな》しいだけなんですが、われわれにはどうしようもなかったんです。だけど、それにしてももうちょっと考えてほしかったですよね。あんなに頭のいいやつだったのに、なんであんなことを……」

芹川の口数が少ない分だけ、中沢は余計、饒舌《じょうぜつ》になる。

「まあ、そう言うな」

「ですけど、課長。ど真ん中のあの螺旋《らせん》階段ですよ。よりによって、なんであんなところから飛び込むかなあ。どうせ死ぬにしても、あとのことを考えたら、もうちょっとねえ」

遠慮がちだった中沢の言葉が、次第にエスカレートしていく。いつまでも止まらない中沢の話を遮るつもりで、芹川はついに振り向いた。

「信じられないんだよ、俺は」

　思わず口走った芹川の顔を、中沢は呆気《あっけ》にとられたように見つめ返している。その口が、ぽかんと開いたままだった。そして、ほんのいっとき間を置いて、ハッとわれに返ったように、慌てて何度もうなずいてみせた。

「も、もちろんですよ。僕だって、いまだに信じられません。というか、そもそもあの原田が死んだなんて、信じたくないといったほうがいいかも……」

「いや、そういう意味じゃなくて」

「は？」

「私が言いたいのは、違うんだ」

「違う、とおっしゃいますと？」

　解せないという目だ。

「なあ、あいつは本当に自殺したんだろうか」

　その言葉があまりに意外だったのだろう。すぐにあきれたような薄笑いを浮かべ、中沢は即座に首を振った。

「嫌ですよ、課長。だって、あいつは自分から飛び込んだんですよ。まあ、課長がそうおっしゃりたい気持ちはわかりますけど、あいつが階段から身を乗り出すのを見た人間も、いえ、あのとき下にいて、上から人が降ってくるのを実際に見た人間もいるんですからね。自殺以外には考えられないじゃないですか」

いまさらなにを言い出すのかと、当惑しきったような顔つきの中沢から、芹川はゆっくりと視線をはずした。

「そうだな」

たしかに客観的な事象は中沢の言うとおりだ。異論を挟む余地はない。

――それでも、本当にそうなんだろうか。

喉《のど》まで出かかったそんな言葉と、腹の底から突き上げてくるやりきれなさを、芹川は力なく呑《の》み下《くだ》した。

＊　　＊　　＊

優秀な人材など、財務省には掃いて捨てるほどいる。

だが、あいつは特別だった。芹川にとってあの原田だけは、最初に出会ったときから違っていた。

毎春、財務省の門をくぐってくる新入りたちの出来を、ひそかに品定めするのは、仲間うちのあいだでは恒例行事のようなものだが、あの年次の顔ぶれのなかでも、あいつの成績や評価が、頭ひとつ分飛び抜けていたのは間違いない。

そしてなにより、そのことをみずからも十分すぎるほど意識していたのが、原田慧という男だった。

当然ながら周囲の期待もそれだけに大きく、一番最初にあいつに唾《つば》をつけるのは、どこの局の誰なのかということも、先輩官僚たちのあいだでちょっとした噂になるぐらいだった。だからこそ原田自身の言動が、それなりに注目を集めるという背景もあった。

もっとも、注目のなかには、当然ながら粗探しのような視線も混じっている。優秀であるだけに、脆《もろ》いのではないかとか、頭の回転が速いだけに、扱いにくいのではないかとか。あいつにとっては迷惑な話だっただろう。

とはいえ、鋭敏な分だけ繊細でもあり、なにかにつけてスタイルを重んじるところがあったのは事実で、おおむね地味で堅実な若手財務官僚にしては、その点だけでも目立つ存在と言えたかもしれない。

なにせ、腕時計ひとつとってもそうなのだ。祖父からでも譲り受けたのか、一目でヴィンテージとわかる代物だったし、『論語』だの『荘子』だのの「諸子百家」を、いまどき臆面《おくめん》もなく普段の会話のなかに引用したりもする。

さらに昼食時には一人食堂のテーブルで、なんの衒《てら》いもなくドイツ語の原書をめくりながら、黙々とカレーライスを食べたりもしていた。つまりは、なにごとにおいても、独特の拘泥《こだ》わりを持っていたというか、若いくせに﨟長《ろうた》けたような側面がある。

かと思えば、過去の外債発行や財政問題について、明治時代やかつての大戦中の話などまで持ち出して滔々《とうとう》と述べたりもする。そんなあいつなりのいわば美学とでもいうようなものを、鼻持ちならないと感じていた人間も皆無ではなかったはずだ。

そしてもちろん、そうした周囲の視線をも十分に意識していたうえで、あいつは一切意に介さない素振りを貫いていた。

だからこそ、なのだ。

あの原田が、凄惨《せいさん》なまでの死に様を衆目にさらして、キャリア組だけでなくノンキャリ組も含め、職員の全員にみずからの敗北を知らしめるような形で、無防備なほどの顛末《てんまつ》でその人生を終えたりなどするものだろうか。

その点も、芹川にはどうしても解せなかったのである。

＊　＊　＊

それ以上に説明がつかないのが、あいつとの出会いそのものかもしれない。

「初めまして、原田です。よろしくお願いします」

入省式を終え、数人ずつ揃って職場に挨拶《あいさつ》にまわってきた原田を初めて見たとき、芹川は一瞬わが目を疑い、思わず椅子から立ち上がった。

「君は……」

呆然《ぼうぜん》としている芹川に、ほんの少し唇の片端を引きあげて、原田は笑みを浮かべた。

「原田慧といいます。よろしくお願いします」

「さとる……」

どこまでも細身の身体つきに、やや茶色みがかった柔らかな長髪。額にかかった長めの前髪や、唇の端を歪《ゆが》めてはにかんでみせるところまでが、あまりに似過ぎている。一言も発することができないまま、芹川の目は、原田のすべてに釘付《くぎづ》けになっていた。

結局のところ、当人にも、もちろん他の誰にもついぞ話す機会はなかったのだが、原田との出会いに特別なものを感じたのは、彼がただ飛び抜けて優秀だったからだけではなかった。

新入省員のなかに「慧」という名前を見つけたときから、少なからず意識はしていた。だが、実際にその顔を見たとき、自分でもどうしようもないほど身体が震えた。名前が同じだけならまだしも、あいつは死んだ弟そのものだった。

二人の写真を並べて、細部を比較すれば、もちろん違いはいくつも見つかることだろう。だが、その気になって見ていると、ちょっとした仕草までが生き写しなのだ。たとえばなにか考えごとをするとき、両手を頭にやって、指先で軽く掻《か》きむしるような仕草をすることとか、笑うときにほんの少し右肩が下がることなど、とにかく見れば見るほど驚かされる。

世の中には瓜《うり》二つの人間が三人はいると聞くが、それにしても名前まで同じとなると、単なる偶然というだけで済まされないものがある。

弟が死んだのは、芹川が東京大学に入学したばかりの春だった。バイクで事故を起こし、あっけないほど簡単に十七歳の命を絶たれてしまった弟。高校の入学祝いにと強くせがまれ、ついバイクを買い与えてしまったことを、母はいまだに持ち出して、ことあるごとに自分を責めている。

あの日、突然の電話で警察から連絡を受けたとき、もはや自力では立てなくなってしまった母を抱きかかえるようにして救急病院にかけつけ、集中治療室のベッドで人工呼吸器に繋《つな》がれた弟と対面した。

男にしておくのはもったいないなどと、芹川がいつもからかっていたあの白くてつるりとした弟の頬は、路面で頭を強打したせいか、傷こそなかったものの見分けがつかないまでに腫《は》れ上がって、どす黒さを秘めた紫に変色していた。

病院に搬送されたときはすでに脳死状態だったと医師の説明を受けても、ああそうですかと納得などできるはずがない。今朝までは、あんなに元気だったのである。まさかそんなことになるとは、夢にも思っていなかったのに、その瞬間から、弟は家族の暮らしのすべてを一変させてしまった。

＊　＊　＊

「あの、なにか？」

　こちらがあまりにまじまじと見つめていたからだろう。原田が遠慮がちに訊《き》いてきて、芹川は現実に引き戻された。怪訝《けげん》な顔をされても無理はない。たしかに無遠慮なほど見ていたに違いないからだ。

　虚を衝《つ》かれ、ひどくたじろいでしまい、だから芹川は思わず言ったのである。

「鬱陶《うっとう》しい前髪だな」

「は？」

　当惑してというより、どこか開き直ったような声だった。だから、芹川はまた言った。

「鬱陶しいと言っているんだ。そんな髪は仕事の邪魔だ、切ってしまえ」

　結構大きな声だった。言ってから、芹川はすぐに後悔した。

　いや、後悔もなにも、そんなことを言うつもりなどまったくなかったのだ。なのにどうしてそこまで言ってしまったのか、そんな自分自身にも戸惑うばかりだ。ましてや、原田は直属の部下でもなんでもない。パワハラどころか、それ以前の問題である。なにか応じてくるだろうと待ったが、原田はなにも答えなかった。憮然《ぶぜん》として、そのまま部屋を立ち去っただけだ。悪いことをしたと思ったが、いまさら引っ込みはつかない。死んだ弟に似ていようが、名前まで同じだろうが、そんなことあいつには関係ない。もちろん原田の責任でもなければ、そのことで自分が八つ当たりをするなど見当違いだ。

いずれ折を見てきちんと謝るしかない。芹川はそのとき心底そう思っていた。

ところが、驚いたのは翌朝のことだ。

朝一番に、つかつかと芹川の席にやってきたかと思うと、原田はまっすぐ目の前に立ちはだかるようにして「おはようございます」と頭を下げた。そして、それだけ告げただけで、すぐに部屋から出ていった。あっという間の出来事で、今度は芹川が二の句を継げなかった。

こちらの鼻先に、これを見ろとばかりに深々と頭を突き出して見せたのは、あてつけるように髪を短くしてきたからだ。ＧＩカットとでもいうのだろうか。近ごろは高校野球の選手でもそこまではやらないだろうというほど、側頭部を思い切り刈り上げ、頭頂部だけはやや長めだが、スタイル剤を使っているのかほとんど垂直に突っ立っている。

「慧、おまえ……」

部屋中の人間が、原田の唐突な行動に息を呑《の》み、気圧《けお》されている芹川の表情を見守っているのが感じられた。そそくさと部屋を出ていく原田の背中に向かって、言葉をかける暇もなく、芹川はただその後ろ姿を見送った。

その瞬間から、芹川にとっての原田は、どうしても無視できない存在になったのである。もしや弟の慧が、実はこっそりどこかで生きのびていて、いまごろになって芹川に会いにやってきたのではないか。

なかば本気でそんなことまで思いたくなるような、二人の出会いだった。

＊　＊　＊

同じ人間の突然の死によって、打ちのめされる。

それも、二度にわたってである。あんな恰好《かっこう》で原田にまで逝かれたあと、芹川はわが身の皮肉と不思議を、どうやって自分に納得させていいのか頭の整理がつかないでいた。

あいつのノートを見つけたのは、そんなときのことだ。

「すみません、芹川課長。原田君の荷物がまだ残っていましてね。お財布とかブリーフケースやなんかは、全部揃えてお通夜のときお母さまにお渡ししたはずだったのですが、ロッカーの上にこんなものが残っていまして」

葬儀を終え、職場のなかもようやく落ち着きを取り戻してきたある日の昼休み、大きな段ボール箱を両手に抱えて、秘書がやって来た。

あいつの遺品はみんなまとめて遺体と一緒にすでに家族に返したつもりだったのに、気づかず、放置されたままになっていたものがあったらしい。

「このまま、ご自宅に送っちゃってよろしいですよね、課長？」

咄嗟《とっさ》に答えに窮している芹川に、秘書が焦《じ》れたように念を押してくる。

「え？　ああ、そうだな。悪いけどそうしてくれるか。頼むよ」

そう言ってから、ふと思い直して、立ち去っていく秘書を慌てて呼び止めた。なんだか、あいつがこの職場に未練を感じているような、消え去り難くて「忘れないでくれ」と言っているような、そんな気がしたのである。

「あ、君。やっぱりいいよ。その荷物ここに置いておいてくれないか。発送は、あとで私がやっとくから」

だから、芹川はそう告げた。とくに深い意図はなかった。その荷物を調べてみようとか、なにかをしようと思ったわけでもなかったのだが、まだしばらくはこの部屋に置いてやりたい気もして、デスクの下に預かっておく気になったのだ。

階段からあいつが飛び降りた日の夜、職場の統括上司として、芹川は警察からひとおりの事情聴取を受けた。あいつが身を乗り出す瞬間を見たという人間が二人、上から人が降ってくるのを見ていた人間も含めると五人もの目撃者がいて、彼らの詳しい証言があったので、自殺であることはすぐに断定された。

そのためか、芹川が訊かれたのは、自殺の理由になにか心当たりはないかという点が中心だった。芹川は、自分の部署であいつを引き受けることになったのはここ三ヵ月ほどで、その前から、再三にわたる病欠を繰り返していたという事実についても話をした。

もちろん、彼の過去の病欠が、ストレスなど精神面の健康トラブルに起因することについて警察はすでに知っており、欠勤届とともに提出されていた診断書のコピーも入手していたようだ。

さらには、今年の初めからようやく症状が改善し、たまに休んだりはするものの、なんとか継続して出勤してくるようになった矢先の出来事だということも、芹川が付け加える前から把握していた。

ただ、いくら問われても、神経を病んでいた背景については、とくに思い当たる理由がない。だから芹川もその旨はしっかりと伝えておいた。

事情聴取はそこまでで済んだ。「わかりました、それで十分です」と刑事は言い、それ以上の取り調べにまではいたらなかった。もとより自殺であることはあきらかだったので、取り立てて不審を抱く人間などいなくても当然だった。

芹川や、ほかの同僚たちだけでなく、省内の上層部の人間も一応のヒアリングは受けたようだ。財務省担当の記者たちにも最小限の事実関係の報告はなされた。もっとも、それ以上の騒ぎにならなかったのは、あいつに鬱病《うつびょう》の病歴があったことなど、故人に対するそれなりの配慮があったからだ。

だから、本来ならば原田のことはそのままで終わり、やがては時間の経過とともに、目の前の業務の忙しさに反比例して、少しずつみなの記憶のなかから、薄れていったに違いない。

当の芹川自身も、弟の思い出と重ねていなかったら、感傷もそこまで大きくはならなかったのかもしれない。弟にせよ、原田にせよ、それぞれの人生になにがあったにしても、死なれてしまえばこちらはもはや手も足も出ない。どうあがいても、どう悔やんでも、すべてはそこで終わってしまうのだ。

否応《いやおう》なしに二度も味わわされた運命の皮肉と、自分にはなにもしてやれなかった絶対的な無力感とで、やりきれない思いをぶつけるように、芹川はその箱を自分のデスクの足下に置き、足先でそっと奥に押し入れた。

段ボール箱は、しばらくそのままになっていた。

気になってはいたのだが、日々の仕事に追われているうちに、その存在すら忘れがちで、なんとなく時間ばかりが過ぎていく。生きているということはそういうことで、人間というものは、結局は目の前の雑事を優先して毎日をやり過ごしているのだろう。

原田の段ボール箱が、少しずつ机の下で奥に押しやられ、それと比例するように、芹川の頭のなかからも箱のことがすっかり消えてしまっていたある日の夜のこと、めずらしく一人で職場に居残っていた芹川に、部屋の入り口から声をかけてくる男がいた。

「あの、すみません。ちょっとよろしいでしょうか」

六十歳はとうに過ぎているのだろう。律儀そうな細面の顔に、濃紺の制服。この部屋にはいってくるときに脱いだばかりなのか、制帽は手に持っているので、見事なほどの銀髪にはぐるりと線を引いたような帽子の跡がついている。

「なんですか？」

芹川は椅子をまわして、入り口のほうを見た。見覚えのない顔だが、制服からして財務省の守衛らしい。

「ここは、主税局の調査課ですよね？」

男は遠慮がちに訊《き》いてきた。

「そうですが、それがなにか」

「だったら、ちょっとうかがいたいのですが、ここは原田さんが、あの原田慧さんがおられたところじゃないでしょうか」

ひどく思い詰めたような顔だった。

「ええ、原田慧はここの人間でした」

芹川が答えると、守衛は安堵《あんど》したようにすぐさま歩み寄ってきた。

「あのう、本当なんですか？　原田さんが亡くなったというのは。あ、すみません、どうしてもあの方のことが気になったもので」

「原田をご存じなのですね？」

「はい。いつもおいでになっていましたから」

「いつも行っていた？　原田がどこへ行っていたのでしょうか」

男がなんのために、なにを言いたくてわざわざ来たのかが知りたかった。

「仮眠室です。あ、失礼しました。私は山崎《やまざき》といいます。今年の初めからシフトが変更になりまして、私はこのところずっと南門の守衛室に詰めておりました。ですので、原田さんがいらっしゃるたびに、存じ上げていて……」

男はぽつりぽつりと話し始めた。それによると、あの原田がたびたび地下の仮眠室に泊まっていたというのである。

地下一階にある財務省の仮眠室。

最近こそ滅多に行くことはなくなったが、残業が深夜に及ぶときなど、芹川も以前はよく利用していた。仮眠室といっても、パーティションで簡単な間仕切りがしてあって、一応はしっかりと睡眠がとれるようにベッドが置かれている。とはいえ、昔は一週間に一度ぐらいしかシーツが取り替えられないとのことで、いつ行っても寝具がどこかじっとりとして、決して寝心地のいいものではなかった。

それでも、審議の前夜など、閣僚たちに国会答弁用の資料を準備する夜や、とくに予算編成が大詰めのころなど、連日の徹夜作業でぼろぼろに疲れ切った身体を、しばし休めるのに贅沢《ぜいたく》を言ってはいられない。

財務省に変わる以前の「大蔵省」と「ホテル・オークラ」とをかけて、先輩たちのあいだで「ホテル大蔵」と呼ばれたりしていたのはまだマシなほうで、芹川がよく利用していたころは、口の悪い同僚たちのあいだであの仮眠室のことを「霊安室」と呼んでいたりもしたものだった。

最近になって一部新しい仮眠室も増設されたとかで、女性用の仮眠室も新設されたと聞いている。だが深夜の零時半ごろまでに、南門にある守衛室に行って鍵《かぎ》を借りれば、自由に泊まれるというやり方は昔のままで、いまも変わっていないようだ。

もっとも予約などといった気の利いた制度はないので、部屋が空いていたら利用できるが、満杯の場合は守衛のところで断られてしまう。

＊　＊　＊

「そうですか、原田はあなたにたびたびお世話になっていたのですね」

守衛をじっと見つめ、芹川は言った。

上司として、まずは礼を言うべきだと思ったからだが、そのうえで、原田がなぜそこまで頻繁に財務省に泊まり込んでいたのかも知りたかった。

「いえいえ、とんでもないです。お世話だなんて、私はただ鍵をお渡ししていただけですからね。それにしても、ずいぶんお忙しそうでした。若いのに真面目だし、熱心だし、うちのバカ息子と同い年だと聞いていましたので、ついそのつもりで較べて見てしまうのですが、やっぱり全然出来が違うなといつも思っていました。優秀だから、それだけ大変な仕事を任されるんですよね。それでも威張るようなところがまったくなくて、鍵を取りにいらっしゃるたびに、感心しながら見ていたもので」

息子と同じ年ごろだけに、連日深夜まで仕事をして家に帰れない原田のことを特別気にもかけ、不憫《ふびん》にも思っていたのだろう。

「原田は、そんなに仮眠室に泊まっていたのですか？」

なによりそれが気になった。そこまでしなければこなせないほどの職務を強いた覚えは、芹川にはなかったからだ。

「はい、そうです。ここ二ヵ月ほどは、ほとんど毎晩のようにおいでになっていました」

「毎晩？　あいつは毎晩仮眠室に泊まっていたんですか」

いくらなんでも妙である。

「なんだか、特別の調べ物があるようなことを、おっしゃっていましたけど」

どこか原田を弁護するような口調になる。妙と言えば、決まって同じ部屋の同じベッドを使っていた、と男が言うのも気になった。

「なんだかあの場所がとてもお気に入りのようでしてね。あの部屋の奥にある北西の角のベッドは、原田さんの指定席だなんて、二人でよく笑ったりもしていましたよ」

守衛もそれを心得ていたので、最近はほかの人間がやって来ても、あえてそのベッドだけは貸さずに原田のために残しておくようなことまでしていたというのである。

「そうこうするうちに、私自身が腰を痛めてしまいましてね。動けなくて、しばらく休ませてもらっていたんです。それで、やっと勤務に戻りましたら、私のいないあいだにあの階段から飛び降り自殺をした人がいるというじゃないですか」

　男は顔を曇らせ、一息に言った。心の奥に溜《た》め込んでいたものを、一気に吐き出すようなしゃべり方だ。

「でも、それがまさかあの原田さんだったなんて、そんなこと思いもしなくて。だから、なにかあったのかと急に気になって、それでこうして今夜……」

　一歩近寄り、こちらの手を取らんばかりにして、男は涙すら浮かべて言う。

「そうでしたか。いえ、ありがとうございます。いろいろとお気遣いいただいたようで、原田もきっとあなたには感謝していることでしょう」

　この守衛と原田のあいだに、どんな心の交流があったかは知らないが、あいつを心配してくれている様子に嘘はなさそうだ。

「本当に自殺だったんですか？」

　男は突然顔をあげ、真顔で訊いてきた。こちらを見つめる目の奥に責めるような色が浮かぶ。芹川は唇を噛《か》み、黙ってゆっくりとうなずいてみせた。

「そうですか。やっぱり、本当だったんですか」

　深い溜め息とともに、肚《はら》の底から絞り出すような声だった。

「はい、残念ながら」

「原因はなんなのですか。あの原田さんが死ななければならない理由って、いったいなにがあったんです？」

勢いこんで、突っかかるように訊いてから、男はハッとわれに返ったのか、すぐに一歩退いて、頭を下げてきた。

「あ、申しわけありません。私のような者が、差し出がましいことを言いました。ただ、私には、あの原田さんが自殺するなんて、そんなことどうしても信じられなくて、それでつい……」

「いや、いいんですよ。私も思いはまったく同じですから。原田のことをそんなふうに思っていただいて、嬉《うれ》しいですよ。理由については、私にもなんとも釈然としません。私のほうこそ、なんとしても知りたいぐらいですから」

心をこめて芹川は言った。守衛は大きく首を振り、肩を落とし、深い溜め息を残して、「すみません。失礼しました」と何度も詫《わ》びを口にしながら部屋を出ていった。

＊　　＊　　＊

守衛が部屋を出ていくと、急に静けさが意識された。

そのときになって、芹川は突然机の下に置いておいた箱のことを思い出したのである。

デスクの下から引っ張り出した箱の蓋《ふた》は、うっすらと埃《ほこり》をかぶっていた。蓋を開いてみたところで、いまさらなにがどうなるわけでもない。だが、その埃が哀れにも思え、なんとなく引き寄せられるように手をかけた。

段ボール箱はひと抱えもある大きさのわりに、中身はあっけないほど少なかった。あいつがデスクでよく使っていた白のマグカップは、あとから入れられたものだろう。秘書が宅配便で送るつもりだったからか、配送中に割れないように何重にも緩衝材で包まれている。財務省のロゴ入り封筒にはいっていたのは、赤いボールペンが四本と、なにやら古めかしい雰囲気のモンブランの黒い万年筆。四分の一ぐらいまで減ったブルーブラックのインク瓶。

そのほかには使い込んだ卓上計算機と電子辞書。半分ほど残っている黄色とブルーの正方形のポスト・イットにポケットティッシュ。

目についた物といえば、黒い表紙と黒いゴムバンドに特徴がある大ぶりのモレスキン社のノートが三冊。一冊はなかにいろいろと紙やポスト・イットが挟んであるらしく、ゴムがちぎれそうなほど膨らんでいる。

こうしてあらためて見ていると、いかにも原田のものらしい硬質な雰囲気がある。突然主《あるじ》を失った遺品は、そのせいかどれもよそよそしいまでに温《ぬく》もりがなかった。そんななかで、唯一生々しい彼の息遣いを感じられたのは、旧型のスマートフォンぐらいだろうか。

携帯電話の電池は、とうに切れているようだ。新しく買い替えたあと、古いほうを捨てかねて、保存しておくのはよくあることだ。もっとも、それをいまわざわざ充電までして、なかを調べるほど自分は悪趣味ではない。こうして手にしていることにすら後ろめたさを覚え、芹川はすぐに箱の蓋を閉めようとした。

そのときなにかに引き寄せられるように、分厚く膨らんだノートに手を伸ばしたことにも、たいした意図はなかった。あとの二冊はそれほどでもなかったが、一冊だけとくに使い込んでいる様子なのが気になっただけである。

なにをこんなに懸命に、ノートを作っていたのだろう。計算機や電子辞書に筆記用具。こうして全体を見てみると、なにかを熱心に調べていたような気配でもある。よく見ると箱の底に封筒があり、なにやら茶色く変色した古い資料のようなものが何枚もはいっていた。

仕事に関するものなのか、それともまったく別のジャンルについてなのかはわからないが、ひどく執着して調べ物をしていたらしい気配は感じ取れる。

しかも、わざわざ一揃いの用具をこうして箱にいれ、ロッカーの上に載せていたところを見ると、職員がみんな帰宅するのを待ち、一人残っておもむろにこの箱を開いて、なにかに没頭していたのではないかとも思えてくる。

さっきの守衛の弁を借りれば、原田は毎晩のように居残って、なにか調べていた様子である。財務省職員なら、それもとりたてて珍しいことではないだけに、芹川の興味はその程度で、何の気なしにゴムをはずし、ページを開いてみた。

「なんだ、これは……」

つい声を出して、芹川は言った。

極細のペン先で書かれた極小文字とでも言えばいいだろうか。ページの全面がなにやら几帳面《きちょうめん》な文字でびっしりと埋め尽くされている。気の遠くなるほどの労力と忍耐力をもって、長時間かけて丹念に描かれた細密画を見るようで、芹川は思わず目をしばたたかせた。

すべてのページに隙間なく夥《おびただ》しい文字が並んでいたが、左隅にあるのがそれぞれの日付らしいので、最初は日記のようなものだと思った。だとしたら、いくら部下とはいえ、他人の日記を読むほど自分は下品な人間ではない。

反射的に閉じようとして、その指が思わず止まったのは、それが原田の毎日を、とくに仕事のやり方について、克明に綴《つづ》ったものらしいとわかったからだ。仕事をより速く、より効率よく会得したいと願って、丁寧な記録を取り始めたのだろうが、几帳面な原田らしい一面ともいえる。

それにしても、なにがおもしろくてここまで詳しく書き残しているのかと思うほど詳細なもので、それぞれのデータや情報もそのつどいくつも揃えて補足的に加筆してある。入省したばかりの初々しさと若さゆえの、仕事へのひたむきな情熱や、真摯《しんし》な態度が行間から伝わるようなノートでもある。

最初のうちは、新入職員によくある生真面目さで、上司を通して大臣から下されたいくつかの面倒な試算や、データ収集に、彼が夜遅くまで職場に居残って、がむしゃらに取り組んで数字と格闘していた様子が記録されている。

昼間はむしろ飄々《ひょうひょう》とした態度で、楽にこなしている風を装っていたが、みなが帰宅したあとのデスクで、黙々と一人データと向き合っていたのである。

自分にも覚えがある、と芹川は思った。

いや、行動が自分の若いころにとても似ているとさえ感じる。芹川自身も同僚たちが帰宅したあと、憔悴《しょうすい》しきった身体を仮眠室のベッドに横たえ、つかの間の休息をとりながら朝までに必死で仕事を仕上げたものだ。

黒い表紙のモレスキンを閉じ、そのまま手に持って、芹川はやおら椅子から立ち上がった。あの懐かしい「霊安室」を見に、地下まで行ってみようと思ったのだ。

もちろん原田の隠された行動と、拘泥《こだ》わっていたベッドを見てみたいという思いもあるにはあったが、半分は若かった自分の昔をたどるような気分で、階段を降りていったのである。

＊　　＊　　＊

一段ずつ階段を降りるごとに、耳の奥で羽虫のような音がし始めた。

下へ下へと進むにつれ、耳障りな音が大きくなっていく。目がかすむ感じがするのは、朝から根を詰め、細かい数字を追って疲れているせいだろう。

芹川は何度も目を擦《こす》ったが、そのたびに周囲の壁が自分のほうに迫ってくるような、言いようのない威圧感があった。

地下に着いたころには、両耳の奥にこびりついた耳鳴りが、ときおり強く鼓膜を刺すような刺激に変わり、やがてこめかみを貫通する偏頭痛になってきた。

芹川は軽く頭を振って、瞼《まぶた》を強く指先で揉《も》んだ。痛みを紛らわそうとして首を激しく振ると、今度は身体がふわりと宙に浮くようで、足下を掬《すく》われる感覚がある。

なんだ、これは。

芹川は声を出した。いや、足下がふらつくのは、単に睡眠不足がたたっているだけだ。

そう思い直して廊下を進むと、仮眠室に向かう手前で、地下のシュレッダー室があった。

ああ、そういえば財務省にはいったばかりのころ、よくこの部屋に通ってきたものだった。

シュレッダー室というのは、その名のとおり大量の文書を廃棄処分する部屋だが、シュレッダーといっても一般の機器とは違ってかなりの大型で、ちょっとした工場並みの様相だと言っていいだろう。

先輩に言われたとおり台車に山のように廃棄文書を積みあげると、紙の重みで台車はびくとも動かない。紙というのはこんなにも重いものだったのかと驚きもし、感心もしたが、かといって量を少なくしすぎると、その分デスクと地下とを行き来するピストン運搬の回数が増える。シュレッダー室の奥から伝わる轟音《ごうおん》を聞きながら、若いころの自分の姿が、懐かしく思い出された。

近年はペーパーレス化が進んだとはいえ、財務省では、機密保持のために、常時膨大な枚数の廃棄書類が出る。そうした大量の文書はこの大型シュレッダーで粉砕するのだが、その量たるや半端ではない。いきおい粉砕のパワーも並ではなく、妖《あや》しく光る巨大な金属の刃が、ざあぁ、ざあぁと、不気味な音を響かせて、あっという間に大量の紙を呑《の》み込み、容赦なく切り刻んでいく。

そうだ。芹川が重い台車を押してこの部屋に通っていたあのころ、大型シュレッダーのそばにはいつも白髪頭の老人が気難しい顔で立っていたものだった。シャツの袖《そで》が汚れるからか、手首から肘《ひじ》までを覆う黒いカバーを付けた機械の管理担当者だが、寡黙で、無愛想で、いつ来ても不機嫌そうな顔つきだった。なんだか地下牢《ろう》を守る牢番のような雰囲気だと感じたのを覚えている。

「これで全部ですので、よろしくお願いします」

受付用紙に名前を書き込んだあと、その顔色を窺《うかが》うようにして、遠慮がちに頭を下げ、文書の廃棄処分を頼むのだが、牢番はにこりともしないどころか、振り向きもせず、「あっちへ置いてゆけ」とばかりに顎《あご》先で指図されたものだった。

まさか、あのときの老人は、いくらなんでももういないだろうな。

そう思ってシュレッダー室のなかを覗《のぞ》き込むと、白髪頭の後ろ姿が見えた。昔のままだ。いや、そんなはずはない。別人だろう。こんな深夜だというのに、ざあ、ざあ、ああという音は、途切れることなく響いている。思わず声をかけようとしたら、突然振り向いた白髪の横顔が、にやりと不敵な笑みを浮かべた。

と、その瞬間、またもこめかみに刺すような痛みが走り、芹川はその場にうずくまった。あたりに漂う埃《ほこり》っぽい臭い。むせ返るような息苦しさ。床がぐらりと大きく揺れた。建物全体がまるで身震いでもしたかのように。顔をあげると、廊下の向こうが暗く霞《かす》んでいる。

なんだ、地震なのか。

天井の灯《あか》りが二度、三度と点滅を繰り返し、やがて真っ暗になった。すぐに自家発電に切り替わったのか、ところどころに豆電球が灯《とも》る。

なんだかレトロな雰囲気だ。まるでタイムスリップでもしたような気分がしてきた。

そのとき、十歩ほど先の薄暗いなかに、どさりとばかりに上から落ちてきたものがあった。危ないな、と思いながら壁を伝って音がした方向に慎重に進んでいくと、廊下に転がっていたのは、書類箱だった。かなり古いものらしく赤茶けて、乾ききった蓋《ふた》には煤《すす》とも埃ともわからぬものがこびりついている。

こんなものがどこから落ちてきたのかと、不思議に思って見まわしていると、箱の横に黒々とした達筆で墨書きされた文字が目に飛び込んできた。

満洲國《まんしゅうこく》財政運營《うんえい》關係《かんけい》資料

「どうして、こんなものが」

目を疑い、何度もしばたたかせて、もう一度確かめてみても間違いはない。

「なんでいまごろ、こんなものがここに落ちているんだ」

周囲に目をやると、廊下の隅に扉が見えた。黒い表札を確かめて、そこがいわゆる地下の「大書庫」であることに気づいたのである。

たしかに、こうした昔からの保管資料については、芹川が入省した当時は、まだこの大書庫のなかにさりげなく積まれていた時期もあった。その気になって通ってみると、興味深い資料がいくらでも見つかった。「戰時《せんじ》國家《こっか》總動員體制《そうどういんたいせい》に關《かん》する資料」などと書かれた古びた書類箱が、あちこちに無造作に置かれている。そのいくつかをこの目で見て、こっそりなかを覗いてみては、歴史の息吹を実感したこともあった。

当時の大蔵省といえば、霞《かすみ》が関《せき》でも戦前のまま残っている唯一の庁舎だったので、思いがけなく奇妙なものに出くわすことも、現実的にあったのだ。もっとも、しばらくして、これらの資料はひとつ残らずまとめて公文書館に移されてしまい、いまは別途厳重に管理されているはずだ。

あのときほど、戦前という言葉がなんとも現実味を帯びて、目の前に迫ったことはなかった。大書庫に一歩足を踏み入れると、そのまま歴史の舞台にワープできる。そんな思いすらして、胸を震わせたのである。

そういえばやはり大蔵省にはいったばかりのころ、先輩たちとの飲み会の席のたびに、何度も大書庫について聞かされたことがあった。新入りの後輩たちが怖がるのがおもしろいのか、酔うと必ずその話を持ち出す先輩もいた。

それならばと、芹川が地下の大書庫で戦時中の資料と思われる古びた書類箱を見つけたことを、思い切って打ち明けたのである。

「あの書類箱を見たときは身体が震えましたよ。歴史の教科書で習ったことなんか、所詮《しょせん》は遠い時代の遺物で、現実味なんてありえないと思っていましたけど、ここは違うんです。なにもかもが現実で、しかも現在としっかり繋《つな》がっている。なんてったって歴史書で見た記録の生の現物が、自分の目の前にあるんですからね。ああ、自分は本当に大蔵省にはいったんだな、とあのときほど実感したことはありません」

芹川が言うと、先輩はほう、とばかりに目を細めた。

脈々と続く国家財政の営み。歴史はその一瞬、一瞬の積み重ねだが、自分はいまさにその歴史の証人として、この手で関わっているのだなと、心底実感したのは本当だった。

「満州国の財務資料に、戦時国家総動員体制か。まあいいさ。このあたりは、冗談じゃなくいろいろあるからな。そのほかにも、奇っ怪な話の種には事欠かないさ。そのうちなにを聞いても驚かなくなるよ」

先輩は、思わせぶりな表情で芹川を試すように見て言った。

「奇っ怪な、ですか？」

「そうさ。残業もいいけど、雨の夜中は気をつけろよ」

「雨の夜中に、なにか起きるんですか」

怖がらせようとしても、そうはいかない。芹川は平然と胸を張った。

「まあいいさ。肝試しの好きなヤツには、それ以上は言わない。だけど、たとえば大蔵省から少し歩いた先に、ほら旧内務省の庁舎があるだろう。あそこの地下には特高の尋問室があったんだ。知ってるか？」

「尋問室？　特高って、いわば当時の秘密警察ですよね。一般の警察とは別に、内務省からダイレクトに指揮されていた組織だと聞いたことがありますが」

特別高等警察、略して「特高」。戦前の日本では、その二文字を目にするだけで、人々が震え上がるほどの秘密組織だったという。一度彼らに目を付けられたが最後、自白を強要するための苛酷《かこく》な尋問や、ときには拷問なども行なわれていて、数多《あまた》の悲惨な記録が残されていると聞いたことがある。

その特高の血気盛んな警官が、焦点を絞った被疑者を前に、目を覆いたくなるような非人道的尋問を繰り返していた場所だというのだろうか。殺《や》る側と、殺られる側。憎悪と悲哀、狂気と絶望とが染みついた尋問室。

そう聞いただけで、なんだかいまにも断末魔の叫びが聞こえてきそうで、背筋が凍るような気がしたものだ。だが、その旧内務省の庁舎もすっかり取り壊され、いまは総務省などがはいる近代的な合同庁舎ビルに姿を変えている。

＊　＊　＊

なにかがおかしい、と芹川はまた思った。

ここは間違いなく財務省のなかである。なにも特別なことなどしていないし、ただ地下に降りてきただけだ。なのに、あきらかに自分はいま異様な空間に迷い込んでしまっている。

廊下のたたずまいは通いなれた財務省の建物にほかならないのに、いつの間にか天井の蛍光灯は白熱球に変わっている。真っ暗な窓の外を仄《ほの》かに照らしているのは、琥《こ》珀色《はくいろ》のガス灯だ。

なにかが起きている。芹川には見当もつかないなにかが、間違いなく起きている。どういう弾みか時空をひょいと飛び越えて、見知らぬ時代にワープしてしまったような感覚とでもいえばいいか。

いや、そんなことを考えること自体が馬鹿げている。いったいなにがどうなっているのかまったく見当もつかないが、そうとでも言わないと説明のつけようがない。

わかったよ、行ってやるよ。

芹川は原田の黒いノートを脇に抱え直し、周囲に向かって声をはりあげた。

こうなったら行き着くところまで行くしかない。どこの誰だか知らないが、来いというなら行ってやる。見せたいものがあるなら見てもやる。開き直ったようにそう口に出して言い、廊下をそのまま進むと、ついに仮眠室にたどりついた。

第一仮眠室から第四仮眠室までが男性用とある。すでに利用している者がいるらしく、部屋の扉は半分開いたままだった。そっとなかを覗《のぞ》いてみると、入り口から奥に向かって左手には五人分のベッド、右手には三人分のベッドが並んでいる。安っぽいビジネスホテルにでもありそうなパーティションで仕切られていて、一部屋に合計八人が泊まれるようになっているようだ。それぞれの枕元に小さなライトが設《しつら》えられているだけで、室内はどこまでも薄暗い。

思い切って一歩足を踏み入れると、じっとりと湿気を帯びた空気が肌にまとわりついてくる。どこからともなく漂ってくるかすかな饐《す》えた臭い。突然襲ってきた猛烈な寒気にひとつ身震いをして、芹川は一番奥の角のコーナーに進んだ。

ああ、これだ。

仮眠室の内壁とパーティションに挟まれたわずかな空間に、ぴったりとシングルベッドが収められている。ここが原田が好んで使っていたベッドに違いない。芹川は半分ばかり毛布をめくり、シーツの上に腰をおろした。

ひんやりと湿った感触が身体の芯《しん》まで冷たくする。ときおり布が擦れたり、ベッドが軋《きし》むような音が聞こえる。たしかに誰かが寝ている気配があるのだが、さりげなく他のパーティションを覗いてみても、人影はどこにも見当たらなかった。

ふと鼻先に、そこだけ妙に生暖かいような、生臭い空気が流れてきた。何日も洗っていない頭髪のような臭いが、鼻をかすめて通り過ぎる。あの守衛は、誰かが使用するたびにシーツは毎回洗っているなどと胸を張っていたが、どう贔屓目《ひいきめ》に見ても心地よく乾いているとは言い難い。

だが、それも昔のままと言うべきだろうか。

若さにまかせて、あのころはずいぶん無茶をしたものだ。早朝から深夜までの激務に疲れはて、朝までのわずかな時間、憔悴《しょうすい》しきった身体を芹川もたびたびここで横えたものだった。できればあまり近づきたくなかった仮眠室だが、デスクの椅子を並べて寝るよりはましだったから。

そばには大浴場もあった。仮眠室で夜を明かす職員たちが風呂《ふろ》にはいるのだが、深夜の一時過ぎぐらいに浴室にはいっていくと、必ずと言っていいほど先に誰かがいて、湯気の向こうでなにやら深々と溜《た》め息を吐いていた。

それにしても、まさかあの原田までが、毎晩こんなところで孤独な時間を過ごしていたのだろうか。国会対応だの予算編成だのという時期でもないのに、病欠から復帰してきたばかりの萎《な》えた身体を、なぜそうまで痛めつけていたのかと、いまさらながら不憫《ふびん》に思えてくる。

抱えてきた黒いノートを開いてみると、途中から研究記録のように変わっていた。極細の万年筆の細かな書き込みのなかに、そこだけ赤いボールペンで書かれた文字が目に飛び込んできた。

最初は「公債発行」、そして「日銀による直接引受」、さらには「復興国債」。現代の日本が、まさにいま直面している大きな課題を象徴する語句が次々と現れてくる。ただし、原田が書き残しているのは、平成の世についてのものではなかった。

——ときはまさに大恐慌の時代。

軍国主義のまっただなかの昭和六年十二月十一日、閣内が割れて、民政党若槻《わかつき》内閣は総辞職を余儀なくされた。ついで新総理となった政友会の犬養毅《いぬかいつよし》に強く要請され就任した大蔵大臣高橋是清《たかはしこれきよ》は、就任わずか二週間後の十二月二十六日、満州事件費を含む追加予算を議会に提出している。財源としては国債発行を前提としたものだ。

そして翌年、昭和七年一月二十一日には、彼の前任者だった井上準之助《いのうえじゅんのすけ》が予定していた増税策をやめ、減債基金への繰り入れ停止にも踏み込んだ昭和七年度予算案を議会に提出した。二月に行なわれた総選挙のさなか井上は暗殺され、犬養首相の率いる政友会は圧勝した。

三月には財政政策を転換させ、インフレ政策へと大きく舵《かじ》を取る。戦費調達を目的とした国債の発行、そして十一月には、ついに日銀による国債の直接引受へと禁断の世界へ足を踏み入れていく。

五・一五事件で犬養が暗殺。そのあとを継いだ斎藤内閣は、戦費確保のうえに農村の救済と市町村立小学校への補助金など、いまでいう大きな政府への道を進み、否応《いやおう》なしに公債依存度が高まっていくのである。高橋是清は、国債の日銀引受により、通貨発行の限度額をそれまでの九倍近くまで引き上げ、市中に紙幣をばらまいた。強力な低金利政策と、戦費の調達も同時に可能にした——

＊　　＊　　＊

「あいつは、こんなことを……」

強く胸を打たれ、芹川は引き込まれるようにページを繰った。

原田がここまで調べていたのは、ひとえにいまの日本が同じことを繰り返しているからだ。関東大震災では日本の国内総生産の三分の一を失い、はからずもいままた東日本大震災による国難に直面している。

長年国債増発を続けてきた極端な財政難の時代を背景に、日銀による国債の直接引受を望む声も根強くあるが、その効果と副作用について歴史的な検証はどこまでなされ、理解されているものか。原田はそのことを強く案じていたのだろう。

「あれ、なんだこれは……」

逸《はや》る思いでページを繰り、芹川は声をあげた。最後の数ページが無惨に破り取られていたからだ。あの箱のなかに残っているかもしれないと思い、すぐに仮眠室を出て階段を駆け上がり、さらに廊下を走って主税局の自席に急いだ。

だが、箱のなかにはなにも見当たらなかった。残りの二冊のノートも調べてみたが、白紙のままだ。

そのとき、廊下に人の気配がした。大急ぎで走り去っていく足音、それを追いかける人間があとに続く。板張りを蹴《け》る規則的な金属音が遠ざかっていく。

誰だ、いまごろ。

足音に導かれるように、芹川は廊下へ出た。気になって音を追いかけ、気がついたら階段の踊り場に立っていた。靴の底に鋲《びょう》でも打ってあって、それが大理石の床を叩《たた》くように響いている。その足音に導かれるように上へ、上へと、階段をのぼっていった。

どこまで行くのだろう。あと少しで最上階か、と思ったとき上から紙が舞い落ちてきた。

階段の手摺《てす》りから身体をいっぱいに乗り出し、あやうく落ちそうになったが、ようやく手が届いた。必死でつかみ取ってみると、あのページではないか。

見覚えのある細かな文字だ。しかも赤のボールペンでびっしりと書き込まれている。


――高橋是清は、国債の日銀直接引受に踏み込んだが、当初から「一時の便法」つまり一時的な措置という認識だった。痛みをごまかす応急措置は、あくまで短期使用に限る。「麻薬」は長くは使えない。高橋自身はその早期の使用中止を強く願っていたのだ。

だから、昭和八年度の予算編成時には、厳しい歳出削減に転じている。しかし、それが軍部の激しい反感を買った。当時の予算の多くは軍費が占めていた。予算の引き締めにはいつの世も多大な抵抗がつきものである。結果、彼は青年将校たちの恨みを買い、惨殺されるという二・二六事件の悲劇を生む。

国債の日銀直接引受を一旦《いったん》は是としたが、あくまで期限を切ろうとした高橋。極端な政策を打つときは、確固たる出口政策が不可欠だ。問題を先送りするだけの施策には、毅然とした出口を設定しておかなければならない。だが、それがどれほど困難なことか――

赤い文字は、高橋是清の流れる血を彷彿《ほうふつ》とさせ、原田自身の言葉として、切々と訴えている。

奇策に頼ってはいけない。なんとしても財政の規律を守るのだ。でなければこの国は信頼を失い、通貨の価値を問われる。そのことだけは避けなければならない。目先のことに目を奪われ、安易な道を選ぼうとすると、必ずその報いを受ける。二度と、過ちを繰り返してはならないのだ。

世界に目を転じても、国債による資金の調達力は、いまや「国力」として認識される時代となっている。日本がかつてない国難に直面するいまだからこそ、なにがあっても財政の破綻《はたん》だけは起こしてはいけない。

原田の赤い文字からは、ほとばしる思いがあふれ、真摯《しんし》な叫びが伝わってくる。

「原田、おまえ、だからもしかして、やつらに？」

ハッと気づいたときは、すでに遅かった。

窓の外がいつの間にか雪景色に変わっている。あの二・二六の朝も大雪だったという。規則正しく、リズムを取るように、金属の棒がなにかにぶつかるような音がした。芹川の背後から、一段ずつ大理石の階段をのぼる靴音だ。少しずれて聞こえるのはサーベルの音か？

ぞくりとするような霊気とでも言えばいいのだろうか。間違いなく、誰かがすぐ後ろに近づいてくる。だが、芹川の身体は凍りついたように一ミリも動けない。振り向こうとしても、首が固まったようにびくともしないのだ。

自分の左手が自然にもちあがる。その手を無理にも手摺りに突き、必死で踏ん張っていると、今度は足が勝手に浮き上がる。なんだ、いったいどうしたというのだ。

気がつくと、階段の手摺りから半分近く身を乗り出している自分がいた。馬鹿な、そんな馬鹿な。口のなかがカラカラに渇く。なんとか声を出そうとするのだが、一言も出ない。

螺旋《らせん》階段が、気の遠くなるほどに渦を描き、下に続いていた。腋《わき》の下から汗が噴き出し、全身に震えが走った。

次の瞬間、芹川の耳に囁《ささや》く声がした。低い、だがまだ若い声だ。

「墜《お》ちろ。そこから飛ぶんだ」

ニュースの枠

どのテレビ局にも、看板番組と称されるものがある。

視聴率を取りやすい時間帯であることも必須《ひっす》だが、競合する裏番組がないことなど、番組自体の魅力だけでなく、看板と言われるには言われるだけの、それなりの条件も揃ってこそ生まれる人気番組のことだ。

もちろん、ニュースやワイドショーでは番組を仕切るメイン・キャスターの力量や魅力に負うところが大きいのだが、多くの視聴者から愛され、長く注目を集め続ける長寿番組というものを、どこの局でもひとつやふたつは持っている。

毎週日曜日の朝、八時から九時三十分まで放送される「アイズ・オン・サンデー」は、番組スタート以来常に視聴率十パーセント台後半から、ときに二十パーセント近くを獲得してきた、極東テレビにとっては文句なく看板番組と呼べるものだった。

休みの日の朝にしてはやや早めの時間帯ではあるが、だからこそかえってじっくりと問題を掘り下げられるとして、当初からエンターテイメント色を徹底的に排除し、硬派な雰囲気を前面に押し出して、現代の社会問題を毎回広く取り上げてきた。

国内外の時事問題をいち早く、そしてバランス良くピックアップして、真摯《しんし》な姿勢と公平な視点で伝える良識ある番組。そんなコンセプトのもとに、放送開始以来十五年を超えて続いてきたのである。

＊　＊　＊

「え、私にですか？　あの『アイズ・オン・サンデー』のメイン・キャスター《MC》を？」

長瀬《ながせ》由佳利《ゆかり》は驚いた顔で、目の前の相手を見つめ返した。

極東テレビの報道局長、神野《じんの》敏也《としや》から会いたいという電話を受けたとき、正直なところもしかして、と思わなかったわけではなかった。

とはいえ、そんな根拠のない夢想を覚《さと》られ、無防備なところを見抜かれるような軽率な真似だけはしてはいけない。そう自戒しながら約束の場所、六本木ヒルズのグランドハイアット東京に出向いてきたのである。

昼下がりのレストランバー、「オーク・ドア」は薄暗く、ほかにはあと男女のカップル一組しかいなかった。入り口でなかを見渡すと、すぐに由佳利を見つけたのか、神野はソファーから立ち上がり、こちらに向かって軽く手をあげた。

座っていたときはそれほど感じなかったが、かなりの長身だ。おそらく百八十センチはあるのだろう。しかも、黒の麻のスーツと黒のシャツに包まれた肉体は、スポーツジムででも鍛えあげているのか、五十六歳にしては驚くほど精悍《せいかん》な印象がある。若いころは、系列企業である極東新聞政治部の特派員として、ワシントン支局やロンドン支局での駐在経験もあるというが、そんな華やかな経歴や恵まれた風貌《ふうぼう》については、誰よりも当の神野自身が意識しているように感じさせる。

人を待つときですら周囲の視線が気になるのか、さりげなく存在を誇示するような足の組み方だ。ソファから立ち上がるときのちょっと威圧的な仕草からも、由佳利は彼の隠された自己顕示欲の強さを敏感に読み取っていた。

「長瀬由佳利です。お待たせして申しわけありません」

だからこそ由佳利はあくまで清楚《せいそ》に、謙虚さを装って一礼した。この業界は第一印象こそが鍵《かぎ》である。フリーランスの女性キャスターとして、仮にも他局の報道局長と二人で会うのだから、相手の人となりを探る一方で、こちらの本音を易々《やすやす》と見透かされてはいけない。

「いえいえ、僕もいましがた来たところですよ。すみませんね、お忙しいところお呼び立てしちゃって……」

まずは型どおり名刺を交換し、低いテーブルを挟んで向かい合って座ったあと、神野は弾んだ声で話し始めた。

「いやあ、こんなこと言ってはなんだけど、あなたはやっぱり思っていたとおりの人だったな。われわれの世界の人間って、実際に会ってみるとちょっとがっかりする娘《こ》が多いじゃない。だけど、由佳利ちゃんは画面で見るそのまんまだ。いやね、他局なのに、僕はあなたの『ワールド・ビジネス・アップデイト』、毎晩欠かさず見てるんだよ」

ひととおりの挨拶《あいさつ》が済むと、神野は急に親しげな口調に変えてきた。まったくの初対面にもかかわらず、まるで十年来のつきあいをしてきた仕事仲間のように「ちゃん」づけで呼び始めた。

もっとも、それもこの業界ではありがちなことで、由佳利もそのあたりは心得ているつもりだ。それに、もとより三十四歳の由佳利にしてみれば、父娘《おやこ》といって通用しなくもないほどの年齢差である。

「まあ、そうでしたか。それはありがとうございます」

控え目な笑みを浮かべ、由佳利は礼儀正しく頭をさげた。

「とくに、あなた自身が企業の社長室まで出向いて行って、経営陣に鋭くインタヴューしてるじゃない。あのコーナーがいいんだよね。由佳利ちゃんのあの突っ込み、押しの強さだけじゃなくて、退《ひ》き際のタイミングというか、相手の社長にちゃんと逃げ場を作っておいてあげるあたりなんか、絶妙な上手《うま》さというか、心憎いぐらいなんだよね」

神野はさらに身体を乗り出してくる。

「いえ、いえ、それは神野さんの買いかぶりです。毎回緊張ばかりしていますから、私にはそんな余裕なんかとても……」

はにかんで首を振ってから、由佳利は少し顔を傾げて神野を見た。

「そうかな。観ている側には決してそうとは気づかせないんだけど、さりげなく、きちんと間合いと相手との上下関係を計算している。ただし、一見相手を立てていると油断させておいてさ、突然ズバッと斬ってみたりもするんだよね」

「斬るだなんて、そんな……」

「いや、しかもその刃先の止め方が絶妙なんだな。斬られた当人が、どういうわけか斬られたことを喜んじゃったりするもんだから、まさにジジイ殺しの才能だよ。そのあたりは人から教わるもんじゃなくて、由佳利ちゃんが持って生まれた才能というか、もともと天から授かっていたギフトなんだろうなあ。あの番組はそろそろ三年になるよね。ますます脂が乗ってきた感じだもの」

業界人らしいくすぐりだった。もちろん、由佳利としても褒められて悪い気はしない。だが、かといって神野の言葉を額面どおりに受け取るほど、自分は初心《うぶ》でもなければ、若くもない。

「そんな、神野局長にそこまで言っていただくほどのことは……」

だから、由佳利は言葉を選んで、慎重に応じたのである。

「ほんとだよ。お世辞じゃないんだ。いまの若い女子アナには、なかなかそこまでの気働きはできないし、感度も悪いしね」

「ありがとうございます。そんなに言ってくださって、光栄です」

もう一度丁寧に頭を下げる由佳利の様子を見届けてから、神野はさらに声の調子を変えてきた。

「でね、その由佳利ちゃんの実力を見込んで、頼みがあるんだな」

神野はおもむろに言った。

最初は褒めちぎり、最大限相手を乗せて心地よくさせておいてから、やおら本題にはいる。あらかじめ展開を決めておいたかのような、セオリーどおりの切り出し方である。

自分もよくやる手だ、と由佳利は思う。話が難しければ難しいほど、相手の口が重ければ重いほど、有効なセオリーともいえる。それだけに、神野の心中が手に取るように伝わってくるのが由佳利には内心可笑《おか》しかった。

「と、おっしゃいますと？」

来たな、と思いながら、由佳利は水を向ける。

「そろそろ次のステップに踏み出す時期だと思わないかい？」

「次のステップですか」

掬《すく》い上げるように神野の顔を見つめ、その内側に秘められたものを必死で読み取ろうとする。

「おいおい、もうわかっているくせに」

くだけた笑い顔になっている。なにやら共犯者めいた口振りだ。

「はあ？」

そんなことを言われても、どう答えたらいいというのだ。由佳利は気づかない振りを続けた。

「だからね、この際思い切って、うちでやってみる気はないかい、っていう話だよ。君はもともとフリーランスなんだし、東都テレビとも契約更新の時期なんだってね。もちろん先方は継続という話をしているんだろうけど、このまま東都テレビの夜の顔で終わるんじゃもったいないよ」

神野に言われるまでもなく、それは由佳利自身も考えていたことだ。いま担当している番組には、慣れも自信も生まれてきたが、もしもなにかであの番組がなくなったら、と考えていないわけではなかった。長引く景気の低迷で、いつなんどきスポンサーが番組打ち切りを言い出さないとも限らないご時世である。そんなことにでもなれば、長瀬由佳利はそれっきりで終わるのかもしれない。

「極東テレビで？」

「そうだ。キャスターでやっていくなら、やっぱり全国区を狙わなくちゃな。二つ、三つと違う番組を経験して、実績を積んでいくことだ。そのためにも、いまがいい潮時だと思うんだよ。うちに来るなら脂の乗っているいまのうちがいい。フリーランスは高値で売っていかなきゃ、損だからね。大丈夫、あなたならいずれ極東テレビのゴールデンを立派にこなせるようになる」

神野の言葉に、次第に力がこもってくる。

「ゴールデンなんて、とてもそんな……」

神野の言っていることがわからないわけではなかった。ゴールデン・タイムやゴールデン・アワー、プライム・タイムなど、国によって呼び方はさまざまだが、視聴率が取りやすい時間帯のこと。近年は定義が難しくなってきたが、日本では仕事から帰宅してきた視聴者が家でテレビをつける率が最も高い、午後七時から十一時ぐらいの時間帯を意味している。

一番視聴率を取れる時間帯であり、だからこそ、最も激烈な競争を強いられる時間枠でもある。そのゴールデン・タイムに放送される番組で、十分メイン・キャスターが務まるとまで言われては、込み上げる笑みを抑えることができない。

「もちろん、すぐにとは言わない。いまから段階的に狙っていくんだよ。狙わなくちゃ、夢は手にはいらない。最初は、そうだな。君ならまずは『アイズ・オン・サンデー』からだな」

「え、私にですか？　あの『アイズ・オン・サンデー』のメインをやれと？」

由佳利はさすがに大きな声になった。そして、周囲を見まわしてから慌てて声を落とし、「本当なんですか？」と念を押したのである。

神野から電話をもらったとき、もしかしたら引抜きの話ではないかとまでは、なんとなく感じていた。そうは感じていたものの、単なる直感的なものに過ぎず、とくに根拠などなかったし、そんな具体的なところまで思いが及んでいたわけではない。むしろ過度の期待をして、ただの思い込みだとわかったときの失望感が怖くて、心のどこかでストップをかけていたところもあったぐらいだ。

神野は、本気だよ、とばかりにうなずいて、話を続けた。

民放のワン・クールは三カ月。三カ月ごとに番組編成が変わる。「アイズ・オン・サンデー」は由佳利も以前からたまに観てよく知っていたが、それにしても、いつの間にか初代のメイン・キャスターが交代していたらしい。

「そうでしたか。このところずっと夜の番組を担当してきましたので、日曜の朝はぐったりして、ごめんなさい、最近はあまり観られなかったんです」

演劇かぶれの学生時代を経て、女優への憧《あこが》れをひきずったまま劇団に通っていたころは、たしかに毎週のように観ていた番組だった。いつか女優の仕事が来たときに、どんな役でもこなせるように、社会の動きにひととおりは通じているべきだと思っていたからだったが、その週に注目された時事的な話題が、一週間分まとめて頭にはいるあの番組はとても便利だと感じていた。

「でも、以前はもちろんいつも観ていましたよ。そうそう、いまでも忘れられないんですけど、あれはどこでしたっけね。ずいぶん前になりますがたしか、ガスタンク新設だったかの誘致問題で、企業側と地元住民が衝突したときがありましたでしょ。あのとき、『アイズ・オン・サンデー』でいち早く取り上げて、世論を喚起して、大きな市民運動みたいになったんですよね。住民が決起して、タンクの設置場所の変更を勝ち取ったんじゃなかったでしたか？」

過去の記憶を必死でたどり、思いつくままに印象に残っていた番組のことを持ち出すと、神野は嬉《うれ》しそうに目を細めた。

「ああ、あの事件ね。あれは僕が担当したんだよ。当時はまだ制作の現場にいたのでね。しかし、あのときはおもしろかったなあ。テレビの力の凄《すご》さを再認識させられたね。世論がだよ、財界に君臨している大手総合エネルギー企業のガスタンク建設計画を丸ごと変えちゃったんだから」

周辺住民の大半はすでに企業との話し合いに応じて承諾に動いていたのに、なかに一軒だけ、変わり者の頑固親父がいて、立ち退きを断固拒否していたのである。ひょんなことから彼の存在を知り、他局に先んじて、神野が彼をカメラの前に立たせたことがそもそものスタートだった。

「市井に生きる、底辺の一市民の生きる権利を守る、なんて言ってさ。世論を思いっきり焚《た》きつけたからね。企業側もどうしようもなくなって、とうとう建設計画が頓挫《とんざ》した。あれは痛快だったな。移転費用急増で、企業側は株価の急落に大慌てでさ。一方の、当の市民運動のヒーローは、まあ恐ろしく弁の立つヤツだったけど、本音はどうみても立ち退き料欲しさの俗物人間だったんだよ。もちろん表には絶対に出さないけどね。真相を知っている者から見れば、噴飯ものだった」

思わぬ裏話を語ってくれた神野に、由佳利はどう応じていいか戸惑うほかない。

そんなことなど知るよしもなく、一視聴者としては、画面で涙ながらに訴える住民の姿に心打たれたものだった。そのころの由佳利はといえば、ひたすら女優をめざし、万全の準備をしてきたつもりでも、日の目を見ることはついぞなかった。仕方なく生活のために夜のアルバイトを始めてからは、すっかり番組を観る時間も、気力すらも失っていった。

その後、ようやくのことで女優をあきらめた矢先に、舞い込んできたのが皮肉にもテレビ・キャスターの仕事だった。思いがけなく自分の居場所が見つかった気がしていたのだが、いまになってまさかこういう形であの番組との縁が生まれるとは、人の世の不思議を思わずにはいられない。

「あなたも知っているように、うちでもとくに力を入れている枠だからね。誰でもいいというわけじゃない。本来は事務所を通すのが筋なのはわかっているんだけど、僕としてはどうしても一本釣りで、あなたに声をかけたかった」

神野は意味あり気な目で迫ってくる。

「いまのMCの方は？」

当然ながら、交代となると前任者のことが気になってくる。まさか、追い出そうというわけでもないだろう。

「うん。あの番組は、いまは三代目の比嘉《ひが》伸子《のぶこ》が担当しているんだけどね。実は、これはまだ極秘のことなんだが、彼女が急に結婚することになっちゃって、それを機に降板することになったんだ」

週刊誌には内緒だよ、などと少しおどけて片目をつぶったあと、神野は組んでいた足をほどき、まっすぐに座り直してこちらを見た。

「どうだい、由佳利ちゃん。僕と一緒にやってみる気はないか」

由佳利にその次の四代目MCをやらないかというのである。

「あなたもよく知っていると思うが、こう景気が悪くちゃ、スポンサーも思いのほか厳しくなってってね。いくら看板番組とはいえ、このへんで視聴率をきちんと取っておかないと、いつまでも安泰ではないんだよ。それも考えたうえで、僕としては、ここでどうしてもあなたが欲しいんだ。ただし、あの枠は片手間ではこなせないからね。いまの『ワールド・ビジネス・アップデイト』は降りてもらうことになる」

いつしかその顔から笑みが消え、絶対に逃がさないぞとでも言いたげに、神野は強い目でそう言った。

＊　＊　＊

断る理由はなかった。

これは当然の申し出なのだから。

神野と別れ、六本木ヒルズを出たあとも、由佳利は自分自身に言い聞かせるように、心のなかで何度も繰り返していた。

三年近く続けてきた東都テレビの「ワールド・ビジネス・アップデイト」には愛着がある。自分なりに苦労もし、工夫を凝らし、毎日取材に駆けずり回って、やっとの思いでいまの形まで育ててきたという自負もあった。視聴率は順調に伸び、女性キャスター長瀬由佳利の名前も定着してきた実感がある。

だからこそ、神野が言ったように、次のステップを考える時期なのかもしれないとも思う。とはいえ現状維持への願望や執着は、成長を止めてしまうものだ。どんなときも、自分はやはり挑戦者でいたい。

ひとつ大きく息を吸い込み、由佳利は深くうなずいていた。もちろん「少し考えさせてほしい」と答えて、もったいをつけることも可能だった。決断するには時間が要ると言えば、待ってもらえるだろうとも、思わなかったわけではない。

だが、由佳利はあえて即答した。

なにも飛びついたわけではない。物欲しそうな顔にならないように、手放しで浮かれた表情も浮かべないようにと、注意深く表情を抑えながらも、それでも隠しきれない胸の震えは、神野にも間違いなく伝わっていたことだろう。

さんざん褒めておいてから、真面目にオファーを告げ、そのあとは泣き落としだった。それだけ自分の力が買われ、求められている。これはチャンスだ。自分にとっては待ちに待った飛躍のときなのである。

ついに、この日が巡ってきた。

そんな昂揚《こうよう》感のまま、由佳利は即座に次の行動に出た。ここ三年近くも世話になった東都テレビなのだ。番組を降りるなら、関係者にその意志を伝えるのは少しでも早いほうが礼儀というものだ。

「わがままを言いまして、申しわけありません」

突然の成り行きに蒼《あお》ざめているプロデューサーに、由佳利は深々と頭を下げた。チャンスという言葉を口にする由佳利に、彼は苦り切った顔で言う。

「本当によく考えてみたのか。君はチャンスだと言ったけど、もしかしたら、とんでもない落とし穴なのかもしれないんだぞ」

いまの番組でこんなにうまくいっているのだ。なにもいま無用なリスクを取る必要はないではないか。三年間一緒に頑張ってきたプロデューサーは、泣きそうな顔で言った。

「あなたは満足というものを知らない女《ひと》なのよね」

最後の本番の直前に、ずっと担当してくれたタイム・キーパーの女性は言った。

神野に対する返事も早過ぎるぐらいだったが、東都テレビへの番組降板の報告も、新しく担当が決まった極東テレビへの移行作業も、目まぐるしいほどのスピードで進行した。

東都テレビの上司に番組降板の意志を伝えた日の夜には、すでにほとんどのスタッフが噂を聞きつけていたし、なにより「アイズ・オン・サンデー」への抜擢《ばってき》のニュースは、由佳利が直接口にする前に、業界中に広まっていたようだ。

ぽっと出の女優崩れが、キャスターとして突然人気をさらい、注目を浴び始めたかと思うと、人気が定着してきたばかりの番組からの突然の降板である。そして、すぐさま他局の看板枠への抜擢となると、噂の種としては恰好《かっこう》の存在で、週刊誌やスポーツ紙が見逃すわけがなかった。

恩知らずだの、破格のギャラに目が眩《くら》んだだのと書きたてられ、あげくは、まだ顔合わせすらしていないプロデューサーとの不倫疑惑まで、まことしやかに匂わせている記事もあった。

そんな騒ぎに比例するように由佳利の注目度は上がり、「ワールド・ビジネス・アップデイト」の最終日は、過去最高の視聴率を記録することになった。

＊　＊　＊

もっとも、神野からあれだけ懇願されたわりには、実際に契約書を交わしてみると意外なほどギャラが低く抑えられていたのには驚いた。だが、今回の経緯について、高い契約料で引き抜かれたと世の中が誤解しているのなら、それはそれで由佳利の勲章になる。あえて正直に訂正することもない。由佳利はそう思って放置しておいた。嫉妬《しっと》を買うということは、それだけ存在が意識されているという証左だ。そう考えると、あらぬ噂が飛び交い、週刊誌やスポーツ紙に追いかけられることも、決して悪い気はしなかった。

人の噂ほど当てにならないものはない。だが、人の噂ほど利用価値のあるものもない。

報道番組を担当するキャスターとしては、そんな言葉を大っぴらに吐くわけにはいかないが、鳴り物入りで極東テレビに乱入すると世間に受け止められるのだとしたら、それだけ番組自体の注目度が上がることにもなる。

案の定、初めて極東テレビに出向き、番組制作に関わるスタッフたち全員に紹介されたとき、由佳利は突き刺さるような好奇の視線を意識しないわけにはいかなかった。

それにしても、スタッフの多さにはさすがに驚かされる。

東都テレビの番組制作スタッフは、せいぜい二十人ほどだったが、「アイズ・オン・サンデー」のほうは七十人にもおよぶスタッフがひとつの番組に関わっている。このことも、それだけ人気番組であり、局を代表する看板番組である証《あか》しだと、由佳利は満足だった。

実際の仕事が始まると、神野は現場にはほとんど顔を出すことがなく、話をする機会もまったくといっていいほどなかった。たまに局の廊下ですれ違っても、そっけないほどで、釣った魚にエサはやらぬ、とでもいうところだろうか。

そのかわりなのか、中井《なかい》サチという女性ディレクターが、あれこれと面倒を見てくれることになった。彼女は由佳利より十センチほど背が低く、そのかわり十キロばかり肥《ふと》っていて、十歳近くは年上だった。

面倒見のよい、心遣いのこまやかな女性だが、いつも凝ったデザインの眼鏡をかけ、細々としたものがはいったショルダーバッグを斜め掛けして、飄々《ひょうひょう》と歩いている。目が眩みそうなほど鮮やかなオレンジ色のブラウスに、蛍光色のような黄緑色のパンツといった奇抜な色遣いの恰好をしているので、広いスタジオのどこにいても、すぐに見つけられた。

「大丈夫？」

それが口癖でもあるのか、なにかにつけて心配そうに囁《ささや》いてくるサチに、由佳利はそのつど笑って答えたものだ。

「大丈夫って、噂のこと？　だったら私は問題ありません。それよりいろいろ書かれると、コストをかけずにいい番宣になるんじゃないですか？」

由佳利は精一杯胸を張ってみせたのである。

「そうね。たしかにそうだわ。あなたさえ平気ならそれでいいんだけど」

噂や、ゴシップ記事については、表向きは殊勝な顔つきをすることも必要だと、助言をくれたのもこのサチだった。噂でなんか潰《つぶ》されてはいけないけれど、可愛げのない女という印象を与えないよう、たしかに注意が必要かもしれない。だからといって、自分はこんなことで気持ちが揺さぶられることなどありえない。由佳利はそうも言いたかった。

「頼もしいのね。さすがは神野さんが釣ってきただけのことはある。あら、ゴメンナサイ。あなたがあんまり強気だから、つい……」

「いいんです。気にしてないから」

「でも、なにかあったら、いつでも相談に乗るからね」

サチはしみじみとそう言った。

「大丈夫ですって。心配しないでください」

由佳利はいつも笑っていたが、サチの懸念の本当の意味がどこにあり、スタッフたちの好奇の視線の裏になにが隠されているかも、このときは想像もつかなかったのである。

＊　　＊　　＊

極東テレビへの初出演の日は、あっという間にやってきた。

そしてその前夜は、さすがに極度の緊張を覚えた。翌朝八時からの本番に向けて、前日は午後一番から夜遅くまで、最終的な準備や打ち合わせがすでに何度も繰り返されていた。週一回の番組とはいえ、数日前から番組内容は何度も組み直され、構成が練りあげられて、どの話題をどんな順序で伝えていくか、取材班が集めた情報をもとに、最後の追い込みにはいる。

由佳利自身も土曜日は昼間から多忙をきわめ、夜まで局から一歩も出ることなく、そのまま朝までタレントルームで仮眠を取ることになるらしい。そのルーティーンは、このあと由佳利の新しい週の過ごし方として、定着していくのだろう。できるだけ早く、そのリズムを身体に染み込ませたい。由佳利の気持ちはその一点にあった。

最終的な打ち合わせと、初回のためのリハーサルを滞りなく済ませたときは、すでに深夜の零時をまわっていた。

「近くのホテルに部屋を取ってやりたいんだけど」

神野が様子を見にやって来ては、めずらしく気遣ってくれたが、由佳利は笑って首を振った。

「いえ、大丈夫です。局のなかにいたほうが、いざというとき安心ですから。それに、今後のこともありますから、私だけ特別扱いにされるより、スタッフと一緒にいたほうがいいと思うんです」

少しでも早くみんなと馴染《なじ》みたい。それは正直な気持ちだった。

「そうだな。いい心がけだ。明日は僕も来て、副調整室《サブ》で最初からずっと見ているからな。まあ、今夜は少しでも休んでおいたほうがいい」

それだけ言い残すと、神野はそそくさと帰宅し、由佳利は翌日の台本を手に、あてがわれたタレントルームにひとり向かった。

＊　＊　＊

テレビ局というのは、どこもなんだか迷路のようになっている。

少なくとも通い慣れた東都テレビはそうだったし、極東テレビも似たようなものだ。スタジオから少し離れたタレントルームは、四畳半ほどの狭い畳敷きの部屋で、通路からドア一枚でなかにはいると、一方の壁は幅一杯が鏡になっていて、着替えやメイクだけでなく、仮眠も取れるようになっていた。

用意してあった毛布にくるまっても、思うように睡魔はやってこない。朝から続いていた極度の緊張感で、身体はへとへとに疲れ切っているはずなのに、頭の芯《しん》が妙に冴《さ》え冴《ざ》えとして、つまらないことばかりが浮かんでくる。

少しでも眠っておかないと、いや、眠れなくてもせめて目だけでも閉じて、身体を休めておかないと、メイクの乗りが悪くなる。だが、焦れば焦るほど、かえって眠気は遠ざかっていくようだ。

明日の朝になったら田舎の両親は、きっとテレビの前にかじりつくことだろう。眠れないままに、さまざまなことが思い出された。もしかしたら、桂木《かつらぎ》も入院中の病室のベッドに横になったまま、画面のなかの由佳利を観て、極東テレビに移ったことを知るのかもしれない。

今回、神野からの抜擢《ばってき》を受けたのも、ひとえに「ワールド・ビジネス・アップデイト」での成功があったからで、その裏には日銀のあの桂木広志《ひろし》の支えがあったからだと思っている。

日銀のなかで、原因不明の病人が相次いで出たらしいという噂は、誰からともなく流れてきてはいたが、桂木の病欠がそのせいかどうかはわからない。ここ何週間か、入院しているらしいことまでは職場の電話にかけたときに聞かされて知ってはいたもののの、なんの病気かまでは教えてもらえるはずもなく、携帯電話に何度メッセージを残しても、彼からの連絡はぷっつりと途絶えたままになっている。

いずれにせよ、退院したら向こうから連絡をよこしてくるだろうし、金融関係のことで訊《き》きたいことができたら、そのときはまた携帯に電話をかけてみるつもりだ。

そんなことを考えながら、そのうち眠ってしまったのだろう。

廊下を慌ただしく走る音がして、由佳利はハッと目を覚ました。

最初は寝ぼけていたのかと思ったが、耳を澄ますと足音は間違いなく聞こえている。しかも、遠くのほうからこちらに向かって誰かが近づいてくるらしく、あきらかに大きくなってくる。そして、そのうち由佳利の部屋のドアの前まで来て、ぴたりと止んだのである。

誰かが起こしに来たのだ。

嫌だな。

と由佳利は咄嗟《とっさ》に思った。きっと、なにか突発的な事件か事故が起きたのだ。こんな時間帯だから、おそらく海外のどこかから、突然大きなニュースが飛び込んできたに違いない。それで明日の番組でさっそく取り上げようと、急遽《きゅうきょ》番組内容に差し替えが生じ、そのことを言いに来たのだ。

なんということだ。

せっかく苦労して番組の仕切りを全部頭に入れ、リハーサルもしっかり済ませて、これでよしという万全の態勢でいたというのに。新しいニュースが飛び込んできたら、全部の段取りが目茶苦茶にされてしまう。

困ったことになった。でも、そんな顔は見せられない。プロらしくきちんと対応しなくては。

そう思って毛布のなかから跳ね起き、ノックを待つまでもなく、自分を奮い立たせるようにドアを開けたのである。

だが、たしかにドアの前で立ち止まっているはずの人影は消えていた。もちろん廊下も先のほうまで見渡したが、一人として居らず、どこまでもしんと静まり返っている。

なんだ、気のせいか。

落ち着いているつもりでも、どこか気が昂《たか》ぶっているからなのだろう。疲れているから、些細《ささい》な物音にも過敏になっているのだ。それとも夢でも見たのかもしれない。

やれやれ、と胸をなでおろし、枕もとに置いておいた腕時計を見ると、午前二時十七分を指している。もうこんな時間だ。四時には起きていないといけないので、このままだとあと二時間も眠れない。

早く横にならなければ。そう思い直して、また毛布にくるまり、目を閉じているうちに、由佳利はやがてまた眠りに落ちていった。

＊　　＊　　＊

妙だなと感じたのは、思えばそれが最初だった。

ただ、初めてのオン・エアは予想以上に順調で、誰もが固唾《かたず》を呑《の》んで注目し、だからこそなによりも心配していた視聴率は、翌日の朝、周囲の予想を大幅に裏切るほどの高い数値を記録した。

「まあ、いいんじゃないか」

手放しの褒め言葉ではなかったものの、神野から電話で言われたときは、由佳利も心底安堵《あんど》した。そのうえ、またしてもスポーツ新聞や週刊誌が、そのことを取り上げて騒いだので、翌週からの番組の注目度をさらに押し上げることになった。

次の週も、由佳利の緊張感は相変わらずだったが、これといったトラブルもなく、視聴者の反応も上々だった。

気になったのは、やはり前の晩にタレントルームで仮眠しているとき、前回と同じような足音が聞こえてきたことである。そして、三回目の週の前夜も同じ音がしたときは、さすがに気になって、サチにだけそっと打ち明けたのである。

「空耳じゃないんです。私、はっきりと聞いたんだから。しかも、毎回同じ二時過ぎのことですよ。もっと正確に言うなら午前二時十七分。間違いないの。誰かがたしかに私の部屋まで来ているはず。もしかして私、見張られているんでしょうか」

素朴な疑問だった。スタッフの誰かが、由佳利の部屋を監視しているのに違いない。

そう思ったから、確かめたかったのである。もしもそうなら、そもそもいったいなにを確認しようとしていたのか。自分はそこまで信用されていないのか、それだけでも聞いておきたかった。

サチは一瞬頬を強《こわ》ばらせ、だが、すぐに慌ててその表情を緩め、不自然な笑顔を作って小さく首を振った。

「ああ、そのことならいいの」

予想外の返事だった。

「いいって？」

「だから、そのことは口にしないほうがいいって言ってるの」

「え、どういうこと？」

サチの態度が解せなかった。彼女はなにもかも承知しているが、由佳利はそのことに気づいていない素振りをしたほうがいい。そんなふうに言っているのだろうか。

「気にしなくていいのよ」

「どうして？　なんで気にしちゃいけないんですか」

だから、由佳利は食い下がった。

「とにかく、放っておけばいい。廊下には誰もいなかったんでしょ？　だったら、それでいいじゃない。まあ、いろいろあるのよ。でも、あなたが気にしさえしなければそれまでなの。そのほうがいい。絶対にそのほうがね」

サチにしてはめずらしく頑固な物言いに、由佳利はもうそれ以上強く迫ることができなかった。

＊　＊　＊

番組は、その後も四回、五回と順調に回を重ねていった。

それにつれていくらか慣れも出てきて、由佳利の仕切りにも少しずつゆとりが生まれてきた。もしも視聴率が振るわなければ、神野からなにか言ってきたのかもしれないが、相変わらず彼が現場に顔を出すことはほとんどなかった。

由佳利としても気にはなったが、それはそれで、彼が満足しているということだろうと、理解することにした。

気になると言えば、番組開始から一カ月が過ぎたころだったか、ある夜から、ぷっつりといつもの廊下の足音が聞こえなくなったことだ。サチに打ち明けてからというもの、足音が聞こえるともちろんどうしても目は覚ますのだが、もはやドアを開けてまで確かめることはせず、そのまま無視するようになっていた。

さらに数週、そのままなにもない夜が続いたあとのある夜のこと、いつものようにタレントルームで仮眠していると、今度は足音ではなく鈴の音が聞こえてきたのである。少し大きめの鈴なのだろう、やや低くて鈍い鈴の音は、一歩、また一歩と、あきらかに由佳利のいる部屋に近づいてくる。

毛布のなかで目を覚まし、横になったまま天井を見つめて、由佳利は全神経を耳に集中させた。鈴の音はゆっくりとしたスピードで、遠くから少しずつ、だが確実にこちらに迫ってくる。足音は聞こえないが、誰かが腰かどこかに鈴をつけていて、歩くたびに足の動きとともに鈴が揺れて鳴るのだろうか。

そう思って、なんとなく聞き耳を立てていると、鈴の音は由佳利の部屋のドアの前でぴたりと止んだ。

かと思うと、ロックがかかったままのドアをするりと抜けて、部屋のなかにはいってきたのである。

まさか……。

由佳利の背中に冷たいものが走った。

咄嗟に起き上がろうとしたが、身体が動かせない。指先は動かせるのだが、手首も足首も見えない紐《ひも》で縛りつけられたように微動だにしない。

目だけ動かしてあたりを窺《うかが》っていると、鏡のなかでなにかが動くのが見えた。電気を消しているので、あるのは電気ポットの小さな緑色のパイロットランプだけだ。

この部屋のなかに、たしかになにかがいる。闇に浮かんだ仄《ほの》かな緑の光のなかで、由佳利はその気配をはっきりと感じ取っていた。

いや、しかしそもそもそんなことがあるわけがない。気のせいだろう。これは夢だ。私は眠っているのだ。由佳利は何度も否定した。

と、かすかな空気の揺れを感じ、次の瞬間、はいってきたときと同じように、なにかが部屋から出ていくのがわかった。途端に、いままで身体を縛りつけていた力から解放され、由佳利は慌てて飛び起きた。肩も指先もどうしようもなく震えてくる。背中にびっしょりと気持ちの悪い汗をかいているのがわかった。

すぐにドアを開け、夢中で部屋から飛び出していた。

どこをどう走ったのだろうか。廊下の角でなにかにぶつかったらしく、しこたま左足の指を打ちつけた痛みで、由佳利はその場にうずくまった。見上げると、廊下の壁にぴたりと沿わせるように古びたホワイトボードが置かれている。

そういえば、どういうわけかいつもこの場所にこのホワイトボードが置かれているのは知っていた。普段はあまり使われない会議室の外側の壁だが、どうやら夢中で走ってきた勢いで、その脚のキャスター部分に蹴躓《けつまず》いてしまったらしい。

なんの変哲もないホワイトボードが、照明を落とした廊下の隅で、不気味に佇《たたず》んで、普段よりひとまわりもふたまわりも大きく見える。

「どうしたの？」

　そのとき、背後から声がして、由佳利はビクッとして振り向いた。

「あ、サチさん。よかった。いま、鈴の音がして……。そのあと部屋にはいってきたの。そうよ、間違いない。なにかがあそこにはいってきたのよ」

　唇が震え、声がうわずって、思うようにしゃべれない。

「まあ、落ち着きなさい。どうしたのよ、なにがあったの」

　背中に置かれたサチの手が、ドキリとするほど冷たかった。由佳利は大きく息を吸い、また口を開いた。

「だって、本当になかまではいってきたのよ。だから、慌てて追いかけてきたら、ここでなにかにぶつかって……。だいいち、なんでいつもこんな邪魔なところに、こんなホワイトボードが置いてあるのよ」

　支離滅裂に叫んで、由佳利は薄汚れたホワイトボードを見上げていた。

＊　　＊　　＊

「スタッフはずいぶん入れ替わっちゃったから、あのころのことを知っている人間はもうほとんどいなくなったものね。でも、見たければ、さっきの廊下まで戻って、あなたが自分の目で見てみるといいんだわ」

サチは静かに語り始めた。

明日《あした》の番組に差し障りがあるといけないからと、肩を抱くようにして、もと来た廊下を戻り、サチはタレントルームまで連れて来てくれた。そのサチを、由佳利はどうしてもと呼び止めて、説明を求めたのだ。

「見るって、なにを？」

「あのホワイトボードが隠しているものをよ」

「なんなの？　隠しているって、どういうことですか？　そう言えばあの会議室も、どうして使わないのかって思っていました」

ぽつりぽつりと、歯痒《はがゆ》いほどのサチの物言いは、すべてを明かすことにまだ迷いがあるからに違いない。だが、中途半端な説明では納得できない。そんな思いを込めて、由佳利は話の続きを促した。

「あのボードの裏にはね、お護符《ふだ》が貼ってあるのよ」

「お護符って？」

問いかけてから、すぐにことを理解して、由佳利の両腕に鳥肌が立った。さきほど、鈴の音とともにやってきて、たしかにこの部屋のなかで、自分のすぐそばにいたものがある。あれは、やはり夢などではなかったのだ。

「あのホワイトボードは、壁のシミを隠しているの」

「壁のシミを？」

「そうなの。雨とかなんかで、天井や壁にシミが出てくることはあるでしょうけど、そんなものぐらい上から塗料を塗ればそれで済むじゃないって、そう思うでしょ？」

「ええ」

「ところが消えないのよ。塗っても、塗ってもダメ、反対に削ってみたりもしたけどね。なにをしようが、またあのシミはすぐに出てくるの」

どす黒いような赤いシミは、日によってその形を変え、ときには口をいっぱいに開いた顔のようにも見え、ときには紐で首を吊《つ》っている長い髪の女にも見えるという。

「だから、お祓《はら》いをしてもらったわ。使わなくなったホワイトボードの裏にお護符を貼って、ああやって壁のシミを隠してあるの」

穏やかに、淡々と告げるサチの言葉に、由佳利は唇を押さえ、目をしばたたかせた。

「首吊り？　まさか、あの会議室で？」

答える代わりに、サチは深い溜《た》め息を吐いてみせる。

「テレビ局って、電波を扱うところでしょ。だから、なんとなくあの世との波長が合う瞬間みたいなものがあるのかしらね。あなたが、午前二時十七分って口にしたときは、びっくりしたわ。だって、神野から聞かされていた彼女が独りで事切れた時刻というのが、たぶんそのころだったらしいから」

サチはさっきまでよりさらにゆっくりと、言葉を継いだ。いつもは局長と呼ぶ神野のことを、呼び捨てにしている。その口調には、どこかこれまでと違うなにかを感じさせた。

「誰なんですか？　いったい、誰が自殺なんか」

「島村雅代《しまむらまさよ》。知らない？　初代のMCよ」

「もちろん知ってますよ。いつも番組観てましたから。でも、そんなニュース聞かなかったわ。あの島村雅代が自殺したなんて、聞いたことありませんよ」

もしもそれが事実なら、あれだけの人気番組なのだ、メディアで伝えられないはずがない。由佳利はそれが不可解だった。

「そりゃそうよ。神野が徹底的に隠し通したもの。人気番組に傷がついたら大変だし、彼女自身の名誉も守らなければならないって、あの人がそりゃあもう厳しく箝口令《かんこうれい》をしいたの。それに、厳密にいうと、自殺かどうかもはっきりしなかったから」

会議室で机に突っ伏した恰好《かっこう》で見つかったとき、雅代の左手首にはためらい傷があり、そばには血のついたカッターナイフが落ちていた。会議机の上にはロープも置かれてあって、首を吊ろうとしたらしい形跡もあったという。

「でもね。本当の死因は急性心不全っていうの？　つまりは心臓疾患が原因だという検死結果が出たらしいわ。過労死ではないかという説も出てきたとかって。まあ、ずいぶん無茶な働き方をしていたからね」

いずれにしろ、彼女の死は内々に伏せられた。すでに番組は降板し、長期休養中のような恰好になっていたこともあり、さほど話題にはならずに済んだのだろう。ただ、ひとつはっきりしているのは、死の直前、雅代が神野の携帯電話にメッセージを残していたことだ。その日の夜、雅代からあの会議室に呼び出され、それを知りながら神野はあえてそれを無視して、行かなかった。

「仕事のことになると、人が変わっちゃうからね、あの神野という男は」

サチはふと、遠くを見るような目をして言った。

「二人になにがあったんですか？」

「本当のところはわかんない。当事者じゃないとね。ただ、二人はいつも、誰の前でもかまわずにぶつかっていたわ。そりゃあもう凄《すさ》まじいぐらいの剣幕で、本音をぶつけあって、どっちも退《ひ》かないの。それだけ仲が良かったのね」

雅代も気の強い面があり、いつも神野に嚙《か》みついていた。結局のところ、二人は戦友だったんだと、サチはつぶやいた。容赦なく意見を吐き、腹の底から持論を闘わせられるということは、それだけ気が許せる間柄だったから。なにより、互いに一目置いていたからなのである。競い合い、傷つけ合えるのも、相手をそれだけ認めていたからにほかならない。

「所詮《しょせん》は、まだ若い男と女だしね」

サチはぽつりと付け加えた。

「え、じゃあ、二人は？」

「行くところまで行っていたんでしょうね。そういう仲じゃないと、あそこまでは言えないでしょ。神野には家庭があったけど、島村雅代にはそんなこと関係ない」

サチの淡々とした声に、少しずつ滲《にじ》み始めた別の色がある。それを、どう解釈していいのか、由佳利は戸惑っていた。サチは小さく鼻先で笑って、また続けてくる。

「でも、神野はあんな人だから土台長続きはしなかった。そうなると、仕事上でもややこしくなるのよね。番組運営にも影響したわ。二人の衝突がエスカレートしていくにつれ、周囲はハラハラの連続だった」

二人の持論が衝突したのは、もっぱら報道のあり方についてだったようだ。神野は立場上も視聴率を無視できない。番組で取り上げるニュースの選択にしろ、取材姿勢にしろ、なにがあってもインパクト重視、視聴者の関心を集められる話題を最優先させようとする。一方、雅代はあくまで報道倫理をふりかざし、それが世の中にどんな影響を与えるかまで考慮が必要だと正論を口にして、神野の姿勢を厳しく諫《いさ》めるのだ。

「好きな男に、正面切って甘えられないもどかしさを、雅代は議論を吹っかけること退《ひ》けないで解消しようとしたのかもしれない。それをわかっていても、神野としては退けないわよね」

とはいえ、そうしたギリギリのせめぎ合いの結果できあがった番組は、文句のつけようがないほど素晴らしいものになり、高い評価を得る。だから、局の上層部も手がつけられなかったのである。

「そんなあるとき、ついカッとなってやり合っちゃって、神野は彼女を番組から降ろしちゃったの」

「ひどい……」

「まさに意地の張り合いね。上は上で、どっちかを降ろすなら、神野をというわけにはいかなかった。私はね、雅代は自分の死を、本当は公表してほしかったんじゃないかといまでも思ってる。そうでなければ、なにも自分がわざわざ干された局の会議室でなんて、やんないでしょ？」

「本当は神野局長に止めてほしかったと？」

「そう。もしも本気で死にたかったら、私だったら、あんな見せつけるみたいな真似はしない。どこかで静かに死ぬと思うわ。でも、彼女が仕組んだことは、全部が裏目に出ちゃったのね。結果的には、その死さえもみ消されて」

だから、死んでも死にきれない。サチはそんな雅代の気持ちが痛いほどわかると、暗に言っているのではないか。

「会議机にその週の台本が置いてあったそうよ。そこに走り書きがしてあったんですって。ただ、最期はよっぽど苦しかったんでしょう。文字は乱れて読めなかった。かろうじて判読できたのは、『どうして』って、一言だけでね。自殺を演出したつもりが、本当に独りで死に直面させられて、雅代がどんな気持ちでそれを書いたかと思うと、あまりにも不憫《ふびん》で……」

サチがついに堪《こら》えきれない顔になり、声を詰まらせた。

どこでどう間違えたのか、すれ違ってしまった心と心。だが、神野が徹底して守りたかったのは、なんだったのだろう。そして、無念さをぶつける相手も、居場所すらもはや奪われて、いまだに番組のなかにさまよい続けるしかない雅代の執着とは。

「わずか一時間半の枠のなかに、彼女は命をかけたんですね」

「そうね。テレビの番組なんて、時間がきて終わってしまえば、あっけなく消えてしまうのに、それがわかってて、私たちっていつも哀れなぐらい必死なのよね」

サチはしみじみとそう言い残して、部屋を出ていった。

＊　＊　＊

サチが消えてしばらくしたころ、またも廊下で足音がした。

身体を硬くし、無意識に息を止めて耳を澄ますと、足音はやはり部屋の前で立ち止まった。

だが、次の瞬間、ドアが激しくノックされ、若い男が由佳利を呼んでいる。慌てて立ち上がり、開けてみると、アシスタントが息を切らして立っていた。

「あ、すいません、長瀬さん。ついさっき神奈川で、グローバル石油のタンクの爆発事故があったんです。原因はまだわかっていませんが、火はいまも次々と燃え広がっていて、犠牲者が相当出ている模様です。明日の、あっもう今日ですけど、番組進行は大幅な差し替えになるかもしれませんので、急いでお伝えするようにと言われて……」

「わかった、すぐに行くわ」

話を全部聞き終える前に、由佳利は上着をひったくるようにして答えた。

すぐに部屋を出て、報道局のフロアに着くと、局内は騒然として、昼間のような明るさのなかで人だかりがしていた。このあと特別番組を組もうとしているらしい。あちこちから怒鳴り声が飛び交い、電話が鳴りっ放しになっている。

「おい、誰か識者のコメント取って来い！　叩《たた》き起こせば誰かいるだろう」

この分野の専門家を調べ、学者の意見を取材してくるようにと指示をしているのだ。

「いま電話で探してます」

別の方向から、若い声が応じた。

「とんでもない大事故ですね。こういうのって本当に気の毒だわ。これ以上犠牲者が増えないといいけど」

夜空に噴き上げる巨大な火柱を見ながら、由佳利は自分の両肩を抱き、声を震わせた。

「なに言ってるんですか、かき入れ時じゃないですか」

「え、かき入れ時？」

「そうですよ。だって今週は、たいした事件も事故もなかったから、画面に迫力が出なくてね。だから助かっちゃいましたよ」

なんということだ。こんな大事故が起きたことを喜んでいるというのか。驚くような反応に、由佳利は返す言葉が見つからなかった。

「おい急げよ、ぼやぼやするな。他局に識者を取られないうちにできるだけ捕まえて、確保しとけ」

平然と指示を出す声が、別世界から聞こえてくるような気がした。

「それにしても、どうしてなんですかね。現場は町工場がひしめいているど真ん中ですよ。なんであんなところにガスタンクなんか建てたんだろう……」

先のほうで、モニター画面を見ながら心配そうに漏らす声があった。そのとき、ハッと蘇《よみがえ》ってきた記憶に、由佳利は思わず声をあげた。

「ねえ、いま爆発が起きてるグローバル石油の神奈川タンクって、もしかして、昔住民が反対運動をして、建設計画を変更させたあのタンクじゃないの？」

由佳利がそう言い終える前に、すぐ後ろから低い声が響く。

「おい、黒田《くろだ》はいまどこにいる。あいつを捜せ。厚労大臣の黒田正充《まさみつ》だ。居場所が見つかったら、俺が会いたがっていると伝えるんだ」

振り返ると、いつの間に来ていたのか神野が立っていた。カッと見開いたその目が、赤く血走っている。獲物に狙いを定めた黒豹《くろひょう》のようだと、由佳利は思った。

「黒田大臣がどうかしたんですか？」

指示を受けた若い男が、首を傾げている。

「馬鹿野郎、そんなことも知らんのか。あのとき反対派の旗振ってたヤツは、あの黒田だよ。こいつはおもしろくなってきたぞ。俺が直接会いに行って、絶対になにかしゃべらせる。いいから、捜し出せ」

神野は嬉々《きき》として、その目は不気味なまでに輝きを増している。こんな生気の漲《みなぎ》った神野の顔を見るのも初めてだ。戦線に戻ってきた老兵の顔。戦う意味も問わず、真の敵が誰なのかを考えることもなく、ただ武器を玩《もてあそ》ぶだけの傲慢《ごうまん》な姿。これこそがこの男の本来の姿なのかもしれない。

あのころ地元住民を代表して、企業から建設移転を勝ち取った黒田正充は、市民運動家としてその後マスコミで一躍ヒーローのような扱いを受けた。

「都市の人口密集地にガスタンク建設など論外だ」「最低でも区外。最低でも東京都以外への移転を！」と声高に唱えた彼の言葉は明快で、十分な説得力を備えていた。

彼の勝利に人々は酔い、口々に快哉《かいさい》を叫んだ。結果として、東京大田区から、神奈川県川崎市という別の密集地に移しただけであったとしても、そこまで思いをいたす人間がどれほどいただろう。

かくして黒田は、その知名度を生かして、その年の区議会議員選挙に出馬し、トップ当選を果たすことになる。さらに二年後には都議会議員になり、やがては衆議院議員にまで昇りつめる。もちろんそれを可能にさせたのは、神野たちの率いる日本のメディアにほかならない。

「よし、黒田をボコボコに叩いてやれ。あの反対運動がなかったら、あんなところにタンクは建たなかったし、こんな犠牲者は出さずに済んだ。いいな、明日の『アイズ・オン・サンデー』は、この切り口で行くぞ。明日までに適当なコメンテーターを集めとけ。犠牲者の遺族の声も忘れずにな。思いっきり怒りの声をぶちまけさせるんだ」

「さすがですね、神野局長。これでまた明日はうちの番組がぶっちぎりのトップですよ」

嬉々として目を輝かせている神野とプロデューサーの顔を、由佳利は交互に見つめていた。ここは戦場だ。食うか、食われるか。そして、獲物は何度も食《く》らい尽くされる。

「神野さん、あなたという人は……」

一市民の声が大企業を動かし、その結果建設計画までも頓挫《とんざ》させた。そして、黒田という政治家を誕生させ、いまはまたそんな彼の生き方を糾弾しようとしている。

雅代はこの顔に惹《ひ》かれ、同時にこの目を憎みもしたのだ。

「やっとわかったわ、島村雅代さん。あなたは私にこれを教えたかったのね」

こういう人種がいまのこの国を動かしている。なにが正義か、なにが国益かも考えず、世論を誘導しているのだ。

流されてはいけない。揺るぎない視座を失ってもいけない。でないととんでもなく足を掬《すく》われる。

由佳利は大きく息を吸い、両足に力を入れて、凛《りん》としてその場に立ち続けていた。

幹事長室の扉

若いころから、反省というものをしたことがない。

過去を振り返ることなど、そもそもが虚《むな》しい行為だし、悔やんだぐらいで結果が少しでも好転するものなら、最初からそんなことにはなっていないだろう。

黒田正充《くろだまさみつ》は、ずっとそう思って生きてきた。

過ぎたことをあれこれ蒸し返し、思い悩んでみたところで、なんの救いにもならないばかりか、得るものもない。だから、反省など無意味な行為なのだ。

ましてや政治家たるもの、失敗は断じて許されない。その場その場で民の声を聞き、彼らが喜ぶような答えを与えてやる。いや、あとで無様に反省などしなくて済むように、そのつど臨機応変に対応して、ベストの言いまわしを選び、国民を納得させていくのが仕事である。

つまりは、決断こそが政治家の職務。世の中、どうせ完璧《かんぺき》な解決の道などそういくつもあるわけではない。だから、いかにうまく答えを演出し、目の前の人間をどれだけうなずかせるかが大きな鍵《かぎ》となる。

直感と判断力がすべてを左右する。

それが黒田の持論であり、揺るぎない信念だった。

とはいえ、周囲には、昔のことを持ち出して、あのころは良かった、などとくどくどと成功体験を懐かしむ人間のなんと多いことか。ああすれば良かった、本当はこうもしたかったと悔いてみても、それがいったいなんになるというのだろう。

執着ばかりで自信のない人間は、政治家にはなるべきでない。

勝馬に乗るのではなく、自分が勝馬になればいいのだ。

黒田は、政界にたむろする口先ばかり達者で、その実、限りなく優柔不断な連中を見て、腹立たしさを嚙《か》みしめていた。できない理由ばかりを並べ立て、問題をいかに先送りさせるか、その時間稼ぎに奔走している姿を見ては、嘆かわしく思っていた。

だから、自分はいつも前向きの元気印。

そして、常に前進あるのみ。

強気の姿勢だからこそ周囲を惹《ひ》きつけ、大衆を魅了し、選挙民を味方につけられたのだ。トップに必要なのは楽観主義だ。過ぎ去ったことなど綺麗《きれい》さっぱり忘れて、雄々しく明日にたち向かう。

それこそが、こうして自分をいまの地位まで押し上げてくれた大きな力だった。一介の市民運動家をして、当選六回にも及ぶ実力派の衆議院議員にまで育てあげ、旧体制における財務副大臣から党副幹事長、厚生労働大臣を経て、今回はついに政権与党の幹事長にまで導いてくれた。

だから、反省など無用で、無縁だ。

黒田は迷うことなくそう信じていたのである。

＊　＊　＊

そんな自分が、いささかなりとも謙虚になったとしたら、それはおそらく歳のせいだ。

ここへきて、少しばかりは角が取れたと自分でも思うし、昔のように「瞬間湯沸かし器」などと揶揄《やゆ》されるほどには短気でもなくなってきた。ほんのつかの間とはいえ、ときにはわが身の来し方に思いをいたすようにもなった。

とはいえ、柄にもなく神仏に手を合わせ、形だけでも頭を垂れるようになったのは、高校三年生の愛娘《まなむすめ》にせがまれるからにほかならない。

前妻に先立たれ、周囲から五月蠅《うるさ》く言われて再婚した現在の妻とのあいだに、思いがけなく娘を授かったのは黒田が四十五歳のときだった。その娘もすでに十八歳になり、どういうわけか最近はスピリチュアルなるものや、全国に散在するパワー・スポットに凝っているという。

いまの若者たちの戯《ざ》れ言など、理解できるとは思わないし、理解したいとも思わない。それでも、娘と一緒に旅するなど、この先何年望めるだろうと考えると、無理に時間を捻出《ねんしゅつ》してでも、出かけてみようかという気になる。

自分でも親バカと笑うしかないのではあるが、娘から志望大学にどうしても合格したいので、祈願に行きたいから、などと殊勝な顔でせがまれると、放っておける父親など何人いるだろう。

奈良だの京都だのと、いくつか巡って歩くことになったが、いまどき修験者が立ち寄る知る人ぞ知る名刹《めいさつ》だといっても、決して観光名所でもなさそうな鄙《ひな》びた神社に、若い女の子が目の色を変えて詰めかけているのには驚かされた。もっとも、口では合格祈願だと言っておきながら、本音は恋愛の願掛けなのだと事前に気づいていたら、もちろん黒田も忙しい時間を割いてまでわざわざ連れていったりはしなかった。

だが、息子は家に寄りつかないし、歳をとってからの娘だけに、黒田にとっては唯一のアキレス腱《けん》ともいえる存在になっている。そのことも十二分に承知したうえで、巧みにねだってくるあたりを見ていると、彼女にも政治家のＤＮＡがしたたかに引き継がれているのかもしれないと本気で思う。

そんなわけで、忙しい合間を縫って、いや、地方視察という大義名分を立てて、全国各地のパワー・スポットと言われる場所をいくつも訪れた。回数が増えるにつれて、娘が信じてやまない「霊気」をそれだけ多く浴びたことになるらしいのだが、だからといって黒田が俗人でなくなるはずも決してなく、政治家としての信条を変えたわけでももちろんなかった。

国民はいつの世も強いリーダーを欲し、剛腕なまでの指揮能力を求めている。もとより本当にクリーンで潔癖な人間になど政治ができるわけがない。清濁併せ呑《の》むだけの度量と、フィクサーとしての力量。幅広い人脈を持つ肚《はら》の据わった人間こそがふさわしい。

だから、ここのところ仮に黒田がいくらか丸くなってきたのだとしたら、それは、ひとえに年齢的なものだ。

ただし六十三歳という年齢は、民間企業や官僚の世界でこそ一丁上がりの年代だが、政治の世界ではようやくこれからという時期である。若いころに種を蒔《ま》き、長いあいだ裏で懸命に動きまわって栄養を蓄えたあと、蕾《つぼみ》から開花を経て、ようやく果実が膨らみ始めた年代なのである。

要するに、と黒田はまた納得する。

自分の心境に、もしも最近変化が生まれてきたとしたら、それはやはり総理大臣という生涯のゴールを意識し始めてきたこと、さらにはここへきて、その実現が確実に視野にはいってきたからこそに違いないと。

そこまで考えて、黒田は唇の片側に薄い笑みを浮かべ、そっとかぶりを振った。

だからこそ守りにはいってはいけないのだ。

先週末、この歳で与党民志党の幹事長に就任が決まったとき、生まれて初めて背筋を走り抜ける、ある種の痺《しび》れというものを経験した。

この「痺れ」については、ずいぶん前に一度ある先輩の政治家から聞かされたことがあった。だから、あれには心底驚いた。

若いころ、その話を聞いたときは、表向きでは決しておくびにも出さないものの、内心では嘲笑《あざわら》っていたからである。所詮《しょせん》は器も度量も小さい人間が、大舞台を前にして怖《お》じ気づくから感じる武者震いだと内心小馬鹿にしていたからだった。

たしかに、いまの総理大臣岩間《いわま》文人《ふみと》が、勢いを増す支持率急低下になんとか歯止めをかけようと、苦肉の策で発表した内閣改造にともなって、党人事も一新されたのだが、まさか自分に幹事長職がまわってくるとは思っていなかった。

それにしても、政治家がここぞという場面を迎えたとき、身体を貫く独特の「痺れ」は、やはり本当だったのか。達成感や充実感を覚えるのは当然だろうが、そんな単純な喜びだけではなく、さりとて、その後にのしかかる重責に対する緊張感だけでもない。

なんと描写すればいいだろう。やはり、いつかのあの先輩が言ったとおり、それは「痺れる」としか言いようのない感覚だったのである。

＊　＊　＊

「このたび、思いがけなくも党の幹事長という重責を担うことになり、まことに身が引き締まる思いでございます」

先週末の民志党の党大会で、幹事長就任を高らかに発表されたとき、黒田は目いっぱい神妙な顔を作って、政治家になってからこれまでで一番深く頭を下げた。選挙運動中は、もちろん何百回、何万回となく頭を下げる。たぶん自分の一生に決められた分以上に頭を下げてきているので、当選後は相手にその分だけ頭を下げてもらって、返してもらうのが政治家というものだ。

それはともかく、あのとき柄にもなくうわずった声になったのは、正直なところ演技だけではなかった。最近は、大衆の前でも平気で涙を見せるだらしない男が増えてきたが、あのときばかりは黒田自身も、さすがにこみあげてくるものを抑えるのに必死だった。

そして、初めての「痺れ」を実感したのもあのときだった。田舎の法事の席などで、畳敷きの座敷に長時間座らされ、足に感じる痺れそのもの。あれが全身に走った感覚とでも言えばいいだろうか。その一瞬だけ、妙に身体が軽くなるような、ふっと足が地から離れるような浮遊感とも言えるのかもしれない。

今回の幹事長への異例の抜擢《ばってき》に、驚いたのはマスコミだけではなかった。

いや、民志党の党員のなかで、多少なりともこんな事態を予想していた人間など、おそらく五人もいなかったはずだ。

それゆえ、指名を受けて壇上に上がった黒田に対しては、今回の衝撃の人事に対する強い驚きと、それをはるかに凌《しの》ぐ不満ややっかみが、そのまま滾《たぎ》るような視線となって突き刺さってきた。

黒田正充などスキあらば足を掛けて引き倒してしまうか、いや、みずからの保身のためにはここはひとまず円満に擦り寄っておくべきかと、集まった党員たちの心が激しく揺れている。

一様に儀礼的な拍手はしているものの、その目の奥には相反する思いが渦まいて、黒田を鋭く値踏みしているさまが透けて見える。

それぞれの万感を込めて、射るような視線を投げかけてくる彼らを前に、黒田は自分でも信じられないほど澄みきった気持ちで、語りかけていた。

「いまは、国難の時代です。なにより優先すべきは国民の平安な暮らしです。このうえは党を割らず、挙党一致で、民志党をさらに盤石な政権与党として力強く前進させるべく、みなさま方の引き続きのご協力を……」

すでに何万回と使い尽くされ、手垢《てあか》にまみれた常套句《じょうとうく》だ。

そんなありきたりの言葉が、実はぴたりと言い得ているとこれほど実感できるとは、思ってもいなかった。そして心を込めて口にした途端、またもあの浮遊の感覚を味わったのである。

もちろん錯覚である。

だが、身体がほんの十五センチばかり上から、党員たちを見下ろしているような感覚だった。あたかも自分がわずかに高い位置にいて、そう、肉体的に床から浮き上がっているような、そして世の中を俯瞰《ふかん》しているような昂揚《こうよう》感だった。

ちょうど初めて胸にバッヂをつけてもらい、議事堂に初登院した一年生議員のときを思い出すような張りつめた心持ち。地に足がついていないとでもいうか、踏ん張ってもいまひとつ身体に力がはいらない。どこか雲の上を歩くようなふわふわと頼りない感じがあった。鷹揚《おうよう》に構えて会場をゆっくりと見渡し、粛々と就任の挨拶《あいさつ》を述べながらも、黒田は生まれて初めて本当に身の引き締まる思いを実感した。

そのあと向かったのが、国会議事堂三階の第十二控室、政権与党民志党幹事長室だった。

その部屋の新しい主《あるじ》として、初めてなかにはいり執務机の椅子に腰を下ろしたときは、人知れず身体が震えた。これからは総裁を裏で支え、党務全般を統括する重責を担うことになる。

あらためてそう考えると、おのずと頰が緩んできた。

幹事長代理や、党の副代表ら関係者を集めて初会合を開くとき、黒田はあらためて意を固めた。この扉のなかには、不純な人間や不要な人材は、一切はいれないように徹底しようと決めたのである。

いまは国難の時代なのだ。代々先送りされてきた問題は山積みになっている。思いきった政策が求められているいまこそ、政権への信頼が不可欠だ。だから党内運営の指揮官として、自分は強いリーダーシップを示さないといけない。

いま党を分裂させてはいけない。なんとしても一つにまとめ、盤石な組織にする必要がある。政権を他党に取られてなるものか。そのためにも、この際思いきって篩《ふるい》にかけることが必要だ。不満分子は容赦しない。この扉の内側は、有用な人材だけで固めるのだ。

そうだ。不要な人間は徹底して排除しよう。少なくともこの幹事長室の扉の内側は、確固たる存在だけに保ちたい。だから、あの扉を関所にする。そんなつもりでやるのである。無駄飯食いは関所で切り捨てる。そのぐらいの覚悟がなければ、幹事長は務まらない。

もちろん口に出したりはしなかったが、黒田は固く心にそう誓った。いや、扉に誓ったというべきだろうか。そして、内心ほくそ笑みながら、意気揚々と幹事長室のなかを見渡した。淘汰《とうた》は必要だ。自分に刃向かう党員は無用だ。見ておれよ。たとえそれが誰であれ、徹底的に篩《ふる》い落としてやるから。

＊　＊　＊

幹事長としてのスタートは順調だった。

ただひとつ、心残りだったのは、以前第一秘書だった柴田毅《しばたつよし》に、この晴れ姿を見せてやれなかったことぐらいだろうか。

もっとも、こちらがいくら長年苦楽をともにしてきたつもりでいても、実際は自分の独り相撲だったのだろう。彼のほうでは、そこまでの思い入れなどなかったのだから。

でなければ、行く先も告げずに、ある日、忽然《こつぜん》と消えてしまうことなどなかったはずだ。

あの男には、いずれ郷里から、まずは県議会議員の選挙にでも立たせてやるつもりでいたけれど、それを本人に告げる機会もなく去ってしまった。

もっとも、勘の鋭い男だっただけに、こちらのそんな一方的な思いを察知したのか、そそくさと離れていった。いくらこちらが義理を感じていても、あいつにとっては重荷でしかなかったのかもしれない。

それにしても、家族が警察にあいつの捜索願を提出したので、一時はおおいに慌てさせられた。もう少しでマスコミに嗅《か》ぎつけられ、大事になるところだったが、一身上の都合による退職ということにし、家族に破格の退職金を積んでやったこともあって、どうにか公表までは至らずに食い止めることができた。

とはいえあの男も、裏では何度か危ない橋を渡っている。そのつど抜かりなく、法律的な逃げ道はいくつも用意してあるのだが、そのうち思わぬところで火種にならないかと、いまも警戒心を緩めたわけではない。

ただ、失踪《しっそう》以来半年が経っても、いまのところは幸いなにも出てこない。おそらくこのまま問題はなさそうだが、案外、いまごろ本人はけろりとして、仕事も家庭もすべてのしがらみを捨て、どこかで気楽な第二の人生を始めているに違いないと、最近になってようやく思えるようになった。

＊　＊　＊

「幹事長ご就任おめでとうございます。いよいよですね」

突然いなくなってしまった柴田のあとを継いで、新しく第一秘書になった村井《むらい》浩史《ひろし》は、眩《まぶ》しそうに目を細め、黒田を見て言ったものだ。引き継ぎもなにもないまま、いきなり柴田のやり残したなにもかもを背負わされ、この激動の半年を必死で黒田に付き添って走ってきた村井である。彼にしてみれば、今回の黒田の幹事長就任の発表は、格別の感慨があったに違いない。

「忙しくなるぞ、村井。今後は党の一切を取り仕切ることになるから、これまでとは仕事もぐんと増えるし、責任も重くなる。覚悟しておいてくれよ」

いつになく殊勝な顔でそう伝えたのは、村井に向けた黒田なりの精一杯の感謝の言葉のつもりだった。今度こそ、途中で失踪などされることがないように、少しは秘書の将来についても配慮し、ときおり鼻薬を嗅がせておいてやることも必要である。

不意に、どうして扉のほうが気になったのだろう。

なにか人の気配を感じたのか、それともただの思い過ごしだったのかは、定かではない。そもそも幹事長室はかなり広く、執務机から扉までは離れている。ましてや、重厚な木製の扉の向こうに、誰かがいる気配など易々《やすやす》と伝わってくることはない。

「おい、いまなにか聞こえなかったか？」

それでも、どうしても気になって、黒田は訊《き》いた。案の定、村井は扉のほうを向いて耳を澄まし、きょとんとしているばかりだ。

「いえ、私にはとくになにも聞こえませんでしたが」

「いや、誰かいる。ちょっと、外を見てきてくれないか」

扉の外にはSPが立っている。さっきここから出てくれるように指示をしたので、黒田が呼ぶまで待っているはずだ。厚労大臣時代からついてくれている杉山《すぎやま》というSPで、気心が知れているので安心だからと、今回も担当してくれることになった。

基本的に二十四時間をともにするSPとは、おのずと不思議な人間関係が生まれてくる。SP同士、仲間うちでは、警護する対象の要人を「オヤジ」と呼んでいるらしいが、彼らにとってはもしものときに命を賭《と》してでも護《まも》る人物なのだから、それなりに信頼関係が不可欠となってくる。

杉山も勘の鋭い男だ。

寡黙ではあるが、どんな場面でも機転が利き、黒田がなにか指示するときも、実際に言葉を発するときにはすでに内容を把握しているのではないかと思うほど、頭の回転が速い。

なにより信頼を置いているのは、彼が驚くほどの読書家で、なにごとにつけバランスのとれた知見を持っていることだ。黒田が厚労大臣だったとき、記者会見の前になると、他のどんな官僚よりもまずは杉山にこっそり感想を訊いてから、記者に対峙《たいじ》することもあったぐらいだ。

いまはそんな杉山が廊下に待機しているのだから、もしも幹事長室に誰か訪ねて来たなら、それなりに判断をして取り次いでくれるはずだ。

だから、黒田がさっき感じた人の気配など、まったくの気のせいだとは思った。だが、なぜかどうしても気になって、村井を廊下まで見にやらせた。

このところ、ますます勘が冴《さ》え渡っている。直感とでもいうか、動物的な嗅覚《きゅうかく》とでもいうか、昔からそういう資質はあったのだが、研ぎ澄まされてきた気がするのである。

そういえばあの「痺《しび》れ」も「浮遊感」も、近ごろはわりと頻繁に感じるようになっている。娘にいわせると、スピリチュアルな場所をいくつかまわっているせいだそうだが、そんな話を信じるほど若くもないし、無垢《むく》でもない。

立場こそが人を作る。

すべてはそこに尽きるのだ。黒田はひとりうなずいた。

＊　＊　＊

すぐにソファーを立って外に出た村井が、しばらくして、頬を上気させ嬉《うれ》しそうな顔をして幹事長室に戻ってきた。

「先生、びっくりしましたよ。外は凄《すご》いことになっています」

村井の声が弾んでいる。

「なんだ、どうしたというんだ」

「いえね、さすがは幹事長室だと思いましたよ。すぐ外の廊下は番記者でびっしりですよ。半円を描くようにして扉の前に待ち構えているんです。しかもですよ……」

得意げな面持ちで村井が言うには、なかでなにが話されているのかと、新聞各社の記者たちが、聞き耳を立てているというのである。だが、考えてみれば、それも見慣れた光景ではないか。

扉の向こうは赤い絨毯《じゅうたん》が敷かれた議事堂の廊下だ。そこでは、番記者たちに囲まれて、立ったままコメントを求められる、いわゆるブラさがりの取材だが、そんなことはなにも珍しくはない。

そういえば、黒田が生まれて初めてブラさがりの記者取材を受けたのは、財務副大臣になったときのことだった。なんについてのコメントだったか、いまはもう忘れたが、記者たちに四方から揉《も》みくちゃにされ、両側からマイクやレコーダーを突きつけられ、眩しいライトに照らされながらテレビ・カメラに向かって声をあげる。

黒田が声を発するたびに新聞社のフラッシュがたかれ、目を射るような閃光《せんこう》のなか、黒田は堂々たる副大臣を演じたものだった。

いまは姉夫婦と暮らす母から電話がかかってきたのは、その日の夕方、ニュース番組の最中だった。テレビ画面に息子の晴れ姿を見つけた老母と、黒田の姉夫婦は有頂天で、途中から涙声になっていたのを覚えている。

いまとなっては、廊下の途中で立ちっ放しで質問攻めに遭うなど、端《はな》から御免蒙《こうむ》りたいが、彼らはいつも黒田の忍耐力を試すかのように、執拗《しつよう》に追いかけてくる。

そのくせ、たまにサービス精神を発揮して、こちらが質問に真面目に答えたり、予定以上のことにまで言及すると、その反動が恐ろしい。その場の雰囲気で迂闊《うかつ》になにか話そうものなら、すぐに揚げ足を取って責め立てる。

白と言っても、黒と言っても、どちらにしてもいずれは叩《たた》かれる。彼らにとって、その方向性には大した重要性がないからだ。番記者の行動パターンなど、黒田が初めて大臣になったとき、二週間ばかり注意深く観察していればすぐに理解でき、予測できるようになったものだ。

もっとも、それでも執拗に周囲にまとわりつく彼らの存在は五月蠅《うるさ》くてかなわぬ。そのうちどうやったら、上手《うま》く向き合えるかを編み出して、黒田はそのことにいたく満足していたのである。

「しかも、なんなのだ。番記者たちが、廊下でなにかしていたのかね」

黒田が先を促すと、村井は笑いをかみ殺すような顔で言った。

「そうそう、そうなんです。幹事長がいつこの部屋から出てこられるかと、忍耐強く待ち受けているんです。ただし、待っているとは言っても、それだけではないんです。あの記者たち、外でなにをしていたと思われますか？」

思わせぶりな言い方である。

「さあ」

「扉に、耳をくっつけているんです」

「耳を？　扉にか。馬鹿ばかしい。そんなことをしても、なかの音なんか聞こえるわけがねえだろう。本気でやってるのかね」

「そうみたいです。私も気になって訊いてみました。そうしたら、本当に聞こえるんだそうですよ。場所にもよるそうですけどね」

聞くところによると、扉の木目や薄さに関係があるのか、なんでもドアノブから斜め左上に三十センチほどのところが、最も聞こえるポイントなのだとか。そこを狙って、番記者たちはいつも先を争って扉に直接耳をくっつけ、なかの話し声を探っているという。

それにしても、そんなことを真面目に質問してきた村井も村井なら、愚直に答えている記者のレベルも推して知るべし、というところか。

「くだらん。実に馬鹿げている。ああいう連中は、まったく理解に苦しむな」

黒田は腹の底から笑いとばした。

＊　＊　＊

番記者だけではなく、マスコミ関係者というのは実に不可解な連中だ。

不可解であるが、その傾向は至極単純で、いったん彼らの行動パターンを理解すると、彼らほど利用しやすい人種もいない。

あれは三ヵ月前のことだ。

なんの因果か、自分が政治家になるきっかけともなったガスタンクの爆発事故があり、思いがけなくマスコミに叩かれたのだが、そんなことで潰《つぶ》れるほど、ヤワでも、殊勝でもない。

むしろ、それをかえって新たな踏み台にするところが、黒田正充たるところである。

思えば、あのグローバル石油の一件がなければ、そもそも自分が政治家になることもなく、ひいては今回の幹事長抜擢《ばってき》にも繋《つな》がらなかった。

事故は思いがけなく起きた。順調ではあるが、地味すぎるほど堅実な政治家生活が続き、黒田がほとんど退屈していたころだった。ひとまず大臣という神輿《みこし》には乗せられたものの、期待したほどに担いでくれる者はおらず、むしろ党の主流派からは完全に無視されている。どうにかしてもう一度、弱者の味方、市民運動家出身を強調してマスコミに顔を出し、政界に吹く爽《さわ》やかな風といったイメージで自分を売り込む機会がないかと、ひそかに模索していたころである。だが、うまくいっているときにマスコミが取り上げてくれるはずもなく、なかなか出番が見出《みいだ》せなくていた。

ところが、チャンスは向こうからやってきた。

極東テレビから電話がかかってきたとき、あまりのタイミングの良さに、黒田は身体が震えるほどに驚いた。よりによってあの神野が報道局長になっているとは知らなかったからだ。渡りに船とはこのことである。

だが、有頂天になっていた黒田は、突然の電話の理由を知って、愕然《がくぜん》とした。

なるほど、神野が考えそうなことである。

その昔、世間を騒がせたあのガスタンク建設反対運動を、今回の事故と結びつけ、さらには現職の閣僚の過去と重ねて拡大解釈を誘導するつもりなのだ。そうすれば、視聴者は驚き、納得し、憤りの声をあげる。そうして、神野がなにより望んでいる高視聴率獲得は間違いないものとなる。

彼らの狙いなど、番組趣旨の説明を聞くまでもなく、すぐに察しがついた。

よし、と心を決めたのはその瞬間だった。

もちろん、単純にその手に乗るような黒田ではない。利用するつもりで飛び込んできた人間を、その勢いを借りて打ち倒す。彼らがひれ伏せば、こちらはなんのエネルギーも費やさず、多大なパワーを獲得できる。

神野の望むものは視聴率なのだ。それさえ与えてやれば、話がどの方向に行こうとも異存はないはずだ。

黒田正充は強運な人間だ。そして、その強運こそ政治家には必要だ。恰好《かっこう》の舞台を提供してくれた爆発事故に、黒田はひそかに感謝した。

いざ生番組が始まったら、いきなり反対運動に奔走していたころの古いＶＴＲが画面に流れた。若かった黒田の顔が大写しになる。大きな声を張り上げ、臆面《おくめん》もなく反対を唱えている姿には、さすがに冷や汗が流れた。

だが、やがてカメラがスタジオの黒田を映し出し、キャスターがコメントを求めてきたころには、落ち着きを取り戻していた。黒田はもはやあのころとは違う。ＶＴＲ

では着古した安っぽいジャンパーに、ぼさぼさ頭のままだったが、いまは仕立てのよいスーツを着こなし、なにより襟にはバッヂが光っている。

鷹揚《おうよう》な笑みをたたえてはいたが、マイクに向かって黒田は吼《ほ》えた。

「いやあ、しみじみと思いますね。どんなときも、皺《しわ》寄せは結局弱者にまわってくるのです。みなさん、こんなことを許しておくのですか？　民間企業が責任を逃れ、政府が逃げていたのでは国民は救われない！」

ここぞとばかりに黒田はたたみかけた。スタジオのどこかで、あるいは副調整室あたりで、唖然《あぜん》としている神野の顔が目に浮かぶようだった。

「こうなることが、私にはわかっていたんです。だからこそ、あのときガスタンクの建設に強く抗議し、反対した」

反対理由などいまは誰も問題にしなかった。

その過程で世論が沸騰し、結果として黒田がなにを手にしたかなど、いまさら蒸し返す必要はない。視聴者がいま目にしているのは、燃え盛る事故現場であり、どれだけの被害者が出ているかということだ。

事故が起きたからには、建設そのものが悪になる。反対したことは正義なのだ。造ったからこそ事故が起きた。その事実に違いはない。激しい反対運動の結果、やむなく建設場所が変更されたことなど、もはや誰も関心はない。

建設されたことそのものが糾弾の対象になっていた。当初の計画どおりに建てていれば、現状の何倍も安全で、仮にこんな事故が起きたとしても、ここまでの被害は生じなかった。だが、そんなことに思いが至る人間など少なくともこの瞬間には誰もいない。

黒田は遠慮なく声を張り上げた。

眉《まゆ》をひそめ、これ以上ないほどの悲壮感を、そして限りない懸念を額に湛《たた》えて、切々と訴えたのである。

清貧という言葉ほど、自分に似合うものはない。まことしやかな善意を全身に漂わせて群衆の前に立てば、黒田正充にかなう者などいはしないのだ。

黒田は語り続けた。自分に酔うというのは、こういう姿をいうのだろう。

市民運動家。

常に黒田の代名詞ともなっているこの言葉は、なによりも黒田の武器となった。なにせ中小企業がひしめく大田区から出た政治家なのだ。時代に取り残されたような一角、陽の当たらない町工場が並ぶ一帯の片隅で、細々と印刷業を営んでいた彼の経歴は——実際に営んでいたのはもっぱら父親で、本当のところ黒田自身は市民運動にかまけて家業を手伝いすらしなかったのだが——黒田に大衆の味方であり、弱者の代弁者というイメージを与え、頼もしい味方となってくれた。

「いよいよですね、幹事長。私はどこまでも先生にお供させていただきます」

秘書の村井は、前任者の柴田に輪をかけて野心を隠さない男だった。それも当然だろう。我欲の少ない人間が、端《はな》から永田町に近づくわけがない。

「そうだな、村井。次はタイミングだけだが、それが一番難しいな」

二人は同じゴールを目指している。そんな自覚のもとに黒田は言った。

「幹事長になった方は、後にいずれは総理におなりになるのが……」

村井は背中を押しているつもりなのだ。

たしかに、黒田は幹事長として党運営を担う立場になった。つまりは、文字どおり党の財布を握ることであり、それだけ党内で発言権を持つということだ。

一方党員にしてみれば、選挙でのわが身の確実な当選ほど最優先されるものはない。幹事長の采配《さいはい》で、まわってくる選挙費用に大きな差がつくとなれば、黒田の持論や人となりなどに関係なく、いきおいその立場に人が群がってくる。

黒田の発言権もこれまでとは比較にならぬほど増してくる。この際、子飼いの若い議員をできるだけ多く飼いならしておけば、いずれは役に立ってくれようというものだ。

「いや、必ずしもそうとは限らんよ。とくに、昔の常識はもう通用しなくなったからな。いまの若いやつらはもっとドライで、刹那《せつな》的だ」

仁義も秩序も消えうせ、混迷と不毛の時代になってきた。攻め方をひとつ間違えれば、あっというまに梯子《はしご》を外され、致命的な傷を負うことになる。

「どうなさったんですか、先生らしくもないことをおっしゃって。狙ってくださいよ、幹事長。最近の岩間総理は、記者たちの前でもずいぶん支離滅裂な発言をされています」

「あの人はもとからそうじゃないか」

「だからこそ、なんですよ、幹事長。まもなく棚から餅《もち》が落ちてくることになります」

「でっかいボタ餅がか？」

「ですが、そのとき幹事長がタイミングよくその手を出さないことには、意味がありません。なにせ、短気で辛抱のないのが総理です。岩間ではなく、イラ間だなんて、記者があだ名をつけるぐらいですからね。いつ何時、野党連中にけしかけられて、地雷を踏まないとも限りませんから」

この男、いつの間にこんな口をきくようになったのだろう。だが、黒田をけしかけてくるのは、政局がますます混迷の一途をたどり、もはや一触即発の事態であるからこそ。こうした事態を収められるのは、黒田正充しかいないと知っているからこそのことなのだ。

＊　＊　＊

もう一段、これまでとは違った浮遊感を味わったのは、それから半年あまり経ったある日のことだった。

前夜は都内の料亭に党幹部たちが集まって、黒田を中心にしていまの党運営と岩間内閣の存続について意見が乱れ飛んだ。同じころ、岩間支持者のベテラン議員たちは別の場所で決起していたようだが、黒田は反岩間派の急先鋒《せんぽう》として、また民志党若手議員達を率いる新しい党のリーダーとして、その言動が逐一注目されている。

議論は、夜更けになっても収拾がつかないまでに発展した。仕方なく黒田が言い出して、翌日の午後一番で党幹部が幹事長室に集まり、今後の具体策を検討しようということになった。

かくして、午後からの会談に備え、早めに登院してきた黒田は、まずは幹事長室の執務席に座って朝刊に目を通していたのである。

政局の行方はますます不透明で予断を許さない。なにより岩間総理の政権運営能力そのものに疑問があがっており、世論調査の結果をみても、国民のあいだにどうしようもないほどの不信感が膨らんで、支持率低下は目を覆うばかりだ。

ついには野党の有志が結託して、いまの国会会期中にも内閣不信任案が提出されるという声も出始めた。そのために、野党が独自の政策や主義の違いを超え、水面下で調整にはいったというのである。そんなことになったら一大事だ。

あれこれ思いながら朝刊を読んでいた黒田は、ふと気になって立ち上がり、三歩ほど歩いて、部屋の中央のソファに置かれていた別の新聞を取ろうと手を伸ばした。

そのときである。

なにかに足を取られて前のめりに転びそうになった。

蹶躓《けつまず》いたというのは正確ではない。むしろ、足が地を蹴っていないとでもいうか、あと少しのところで床に届いておらず、空《くう》を蹴って空まわりしているような感覚である。

急いで体勢を立て直そうと踏ん張ると、鼓膜を突き刺すような酷《ひど》い耳鳴りがした。と、同時に周囲の景色がふわりと揺れ、身体が軽くなった気がしたので、眩暈《めまい》ではないかと思った。

なにせもう六十三歳、あとふた月もすれば六十四だ。そのうえ最近は、極度の睡眠不足が続いている。なにかの拍子で脳の血管が損傷して、その加減で一部の運動機能が阻害されるというのもよく聞く話だ。

まずいな、と咄嗟《とっさ》に思った。

幸か不幸か、部屋には誰もいない。これは用心が必要だと考え、すぐにもとの執務席に座ろうと振り返って、黒田は息を呑《の》んだ。

ほんの目と鼻の先、執務席に座って一心に新聞を読んでいる男がいる。

誰だ。いつこの部屋にはいったんだ。いや、見たことのある顔だ。

まさか、嘘だろう……。

自問自答をするまでもなかった。顔も姿もそのままだ。服も、老眼鏡《リーディング・グラス》も、間違いない。あれは黒田正充そのものではないか。

だとしたら、ここに立っているこの私は誰だ？

状況を把握するまでに、時間が必要だった。

もっとも本当に把握して、納得できたわけではない。ただ、これまで味わったことのないような、なにかがいま起きている。それだけは認めざるを得ない。

黒田は自分の両手に目をやった。拳《こぶし》を握ったり開いたり、何度か繰り返してみると、自分の意志と、指の反応とのあいだに、わずか一秒の半分ほどずれているような感覚があった。

そして、もう一度執務机に目をやると、今度はさらにはっきりと、黒田が朝刊を読んでいる姿が確認できた。

これは夢ではない。

いや、そんなはずはない幻覚だ。

おそらく心身ともに蓄積している過労ゆえの白昼夢に違いない。

思いが激しく交錯し、鼓動ばかりが激しくなった。だから、早く戻るのだ。急がないと、とんでもないことになる。なぜ、そう思うのかはわからないまま、ひどく焦りを覚えて、強引に執務席に戻った。

目のすぐ前で俯《うつむ》いて新聞を読んでいる自分の上に、思い切ってのしかかってみると、なんのことはない。そのまますんなりと違和感なく椅子に腰をかけることができた。

ほらみろ、やっぱり目の錯覚だった。

そう思いたかったが、あきらかに違う。心臓がさらに苦しいほどに音を立て、このまま心臓麻痺《まひ》にでもなるのではないかと思った。もしかして、娘が得意気に言っていたように、これもパワー・スポットとなにか関係があるのだろうか。

あんな寂れた神社など、黒田にしてみればまったく興味はなく、それよりも近くに住む地元の県会議員と会うのが目的だったのだが、とはいえ数えてみたら、もう三十箇所ちかくの神社を巡ったことになる。

そのわりに娘自身にはとくに変化もないようで、相変わらずボーイフレンドができた様子もない。もちろん黒田にも、娘やその周辺の若者が騒ぐほどには、尋常ならぬパワーに触れていたという自覚などあるはずもなかった。

＊　＊　＊

二度目にそれを体験したのは、そのあと半月ほどしたころだったが、さらに状況がクリアでもあったので、さすがに恐怖感を覚えた。

身体の底にまで共鳴するような執拗《しつよう》な耳鳴りは前回と似ていたが、今度は目を開いているはずなのに光を感知する能力が低下したのか、あたりが薄暗い感じがした。もしかしたら、このまま気を失うのかなと思ったとき、今度こそ間違いなく自分の肉体が目の前に分離して存在するのを確認した。

医者に診てもらい、検査もしたのだが、とりたてて悪いところはないという。血圧がやや高いが、それも異常というほどではなく、ストレスや過労という言葉で片づけられた。

そうなると、徹底的に原因を究明しないではいられない。黒田はありとあらゆる資料を集め、インターネットをあたり、医学書や精神医学など、さまざまな解説書にも手を伸ばした。

その結果、行き当たったのが「幽体離脱」や「体外離脱」などというもので、感覚としては一番しっくりきたのだが、だからと言ってそんなものを鵜呑《うの》みにしたり、ましてや自分がそうだと口外できるはずもなかった。

ただ、他人の体験談を読めば読むほど、似たような思いを味わっている人間があまりに多いことに驚かされる。仲間と呼ぶには心もとないが、同じ人間が存在することを知ると、少しずつ恐怖感は緩和された。逆に、妙な好奇心も湧いてきて、まことしやかに説明されている離脱のメカニズムを試してみたくもなってくる。

手引書なるものを頼りに、深夜にベッドの上で何度か試してみると、ほどなくして実験に成功した。そのうち、五回から十回試す内の一回程度の割合で、ほんの数秒間だけだが、自分が自分の肉体の三十センチほど上に浮く感覚を会得し、隣で眠っている妻も眼下に見ることができるまでになった。

そんなことを白状しても、妻にはどうせ馬鹿にされるだろうし、そもそも体外離脱は他人には見えないもののようだ。それに、これ以上娘に深入りさせるのも避けたくて、誰にも知らせることはなかった。

数秒とはいえ、浮いているのはたしかで、そのあいだに気になったのは、なにやら人の声が聞こえてきたことだ。

もっとも、黒田の場合は自分の肉体からすぐに強い力で引き戻され、あっという間に元に戻ってしまう。そしてその夜は必ずぐっすりと眠りにつけたので、日頃寝つきの悪い黒田にとっては、怪我の功名とでもいうか、いつしか当初の恐怖感も消え、手っ取り早い導眠体操のようなものとなっていった。

＊　＊　＊

そうこうするうち、ついに野党から内閣不信任案が提出された。

野党第一党がイニシアティヴをとって、他の少数野党にも働きかけ、週明けには採決するというのだ。

こうした事態を受け、身内のなかでも造反を匂わす者が出始める。岩間政権をこのままかばい続けると、国民から見放され、どっちにしても支持者を失う。ならばいまのうちに、相手側についたほうがいいという判断をするのだ。

「動揺を避けるんだ。でないと、野党の思うつぼじゃないか」

冷静になれという者がいるかと思えば、

「いや、この際総理に降りてもらうしかない」

岩間の首に誰が鈴をつけるか。なりをひそめていた不満分子が、ここぞとばかりに気焔《きえん》をあげる。それをマスコミが逐一取り立てて騒ぐので、党内は真っ二つに割れ、幹事長室でも連日息詰まる会議が続いていた。

「ちょっと、一息いれましょう」

黒田が声をあげ、会議の休憩を宣言した。

こういうときは、ひとまず頭を冷やすのが効果的だ。議論の熱気はさめやらず、まだ口々に言い合っている者がいるのを無視して一人席を立ち、洗面所に行くため幹事長室を出た。

重い木製の扉を引いて外に出ると、見慣れた廊下が続いていた。薄暗い空間ではあるが、長い時間幹事長室の重苦しい空気のなかに閉じこもっていた身体には、ほんのつかの間の解放感があった。

とはいえ、案の定廊下には記者たちが扉を芯《しん》にした半円形にたむろしており、SPの杉山とその仲間が、扉を背にして廊下に向かって立っていた。めずらしくもない、いつもの光景である。ただ、どういうわけか黒田が幹事長室から出てきているのに、誰一人その姿が目にはいらないように、振り向きもしない。

なぜだ。

いつもなら、すぐに駆け寄ってきて、なにか一言でもしゃべらせようと、レコーダーやマイクを向けてくるのに、どうして今日に限って、追いかけてこないのだろう。

だが、まあそのほうが楽には違いない。どうせいまから行くのは用足しで、そんなところまでついて来られても迷惑なだけだ。気を取り直して一人で洗面所まで向かい、ゆっくりと用を足してまた戻ってきた。

あらためて幹事長室の前に立ち、まじまじと見てみると、見慣れたはずの扉が、威圧感を滲《にじ》ませながら立ちはだかっていて、これまでよりひとまわりもふたまわりも大きく感じられた。

重厚感のある古びた木製の観音開き。これまではまったく気にも留めずに行き来していたが、縦に四個の四角いレリーフがほどこされ、真鍮《しんちゅう》のドアノブにまで繊細な装飾がある。この扉の美しさになど、これまで気づくゆとりすらなかった。

日本の長い政治史のなかで、幾多と繰り返されてきた激しい政局の攻防戦を、この扉はただ黙して見守ってきた、歴史の証人なのだ。

そしてこの自分は、いまそんな幹事長室の住人なのである。黒田はふと、限りない誇らしさを覚えて、扉の前にいるSPの杉山の前に立った。

「おい、どうした。開けてくれないのか。私はなかにはいりたいんだ」

だが、杉山はにこりともしなかった。いや、こちらの顔を見ようとすらしない。というより、目にはいっていないかのようだ。

「おい、俺だよ、杉山。気付かないのか。おまえのオヤジだよ、幹事長の黒田だ」

あらぬ方向を見たまま、表情ひとつ変えない杉山に業を煮やし、黒田はおもむろにドアノブに手を伸ばした。こうなったら、自分で扉を開いてはいるしかない。そう思って一歩を踏み出したとき、どういうわけか扉にどすんとぶつかった。というより、扉に弾《はじ》き飛ばされた感じだった。

弾みで尻《しり》から廊下に倒れ、黒田は渋々立ち上がった。

いったいなにが起きたのだ。もう一度やってみたが、扉が頑として開かない。ドアノブに触れた途端、またも勢いよく弾かれてしまう。黒田をまるで寄せ付けないのだ。もっと驚いたのは、そんな様子を目の前にして、杉山も番記者たちも平然としていることだ。なんと、黒田の姿は彼らには見えていないらしい。

焦りが猛烈に込み上げてくる。

扉に近づくと、なかから声が聞こえてきた。もっとよく聞くために、扉に耳をつけてみる。そういえば、一番聞こえる場所があると村井が言っていたことが浮かんできた。たしか、ドアノブの斜め三十センチ左上のあたり……。

突然、大きな演説口調の声が耳に飛び込んできた。

聞き覚えのある声だ。なんだ、自分の声じゃないか。そうだ。あれは間違いなく幹事長黒田正充の声だ。

「アメリカも、欧州も、日本も、いまや超がつくほどの巨大債務時代です。この債務が重くのしかかって、先進国経済の低成長はこの先ますます長期化する。なにをするにも足枷《あしかせ》になる。そんななかで、党を割るだの与野党攻防だの、私利私欲に走っているときではないでしょう。いったい日本はこの先どんな方向に向かうのか……」

黒田の声が部屋中に響き渡っている。幹事長の熱弁に、みながしんとして聞き入っているらしい。

「いいですか、諸君。この不況は、構造的な問題から来ているのです。ところが、誰もそのことに目を向けようとしない。今回の大震災からの復興は、もちろん全力をあげて当たらなければならない政府の責務ですが、それだけに目を奪われてはなりません……」

「どういうことですか、幹事長」

静寂を割って、若い声が飛んだ。

「もっと先を見ろと言っているのです。政府が災害からの復興だけで手一杯じゃダメなんです。やがて復興を遂げ、復興需要が一段落したら、その後の日本経済は急落ですか。復興景気の反動で、どすんとマイナス成長に陥っても、そのときはもう次の政権だろうと逃げるわけですか。だから、日本の政治はいつまでたっても三流なんだ……」

声高らかに、幹事長室の黒田は気焔を吐いている。

違う！

と叫んだ。

あいつは私じゃない。

いや、私には違いないけど、本当の私じゃない。本物はここにいるんだから。だいいち、黒田正充に経済など語れる道理がない。世間では弱者の代表のように言われているが、これまで一度だって、真面目に汗して働いたことがないのだから。親父のすねをかじり、マスコミを利用して要領よく立ちまわってきた腰抜けだ。

声の限りに訴えた。あれは詭弁《きべん》だ。でまかせだ。あんなことをまともに聞いたら、党が割れる。このままでは野党に政権を奪われる……。

だが、どんなに叫んでも、誰一人として目を向ける者はいなかった。

黒田は愕然《がくぜん》として、床に跪《ひざまず》いた。

その姿を、幹事長室の扉は厳然と拒むように見下ろし、静かに佇《たたず》んでいた。

単行本版あとがき

経済ホラー小説を書いてみないか。誰もやったことがない分野への挑戦だから。

そんな話が舞い込んだのは、いまから一年半あまりも前のことでした。

作家になって十六年。毎回違ったテーマを選び、書き方もそのつど変えて、さまざまな作品を書くことを自分に課してここまできました。

サスペンスフルなもの、ミステリー、恋愛経済小説に、SFタッチの近未来小説、さらにはコミカルな経済小説から、はては時代経済小説にいたるまで、軸足はあくまで経済の分野に置きながらも、よくもまあ、とわれながら思うほどに、さまざまな手法で作品を書いてきました。もうほとんどやり尽くしてきたので、このあとは二度目のサイクルを始めようかと思っていたのですが、いやひとつ残っていた、ホラー小説はまだ書いていない、とのこと。

なにせ「挑戦」という言葉が大好きな私です。そう言われると、やってみないではいられないのが私のそそっかしいところでもあります。

勇んで返事はしたものの、いざ書くとなると、案の定すぐに行き詰まりました。思案にくれ、途方にくれ、それではと、何人もの人に声をかけ、取材を始めることにしたのですが、あらためて驚きました。経済も金融も、政治の世界も、奇妙な話が出てくるわ、出てくるわ。

国会議事堂にはラジオ番組の収録で訪れたのですが、そのとき「穴」の存在を知りました。日本銀行にも再度伺い、地下金庫も見てきました。相場の世界に起きる人知を超えた事象については、私自身も枚挙に暇《いとま》がないほど知っていましたが、テレビ局にも不思議な話は山積みです。

この世はホラーに満ちている。私はしみじみとそう思いました。

とはいえ、もちろんこの作品はすべてフィクションです。

実在の組織や企業と似ていると思われる部分があったとしても、それはまったくの偶然です。作中の舞台になっている日銀旧館にある地下金庫も、その役割はすでに新館に移され、いまは使用されていません。もっとも、使われていないだけに、申し込めば見学させてもらえるので、機会があれば、ぜひ訪れてみてください。

金塊の嗤《わら》う声がどんなものか、もしもお聞きになった方がおられましたら、ぜひこっそりとご一報をお願いいたします。

二〇一一年六月吉日

幸田真音

解説

川本裕子（早稲田大学大学院ファイナンス研究科教授）

財政、金融、市場といった、大きな経済の問題を小説というジャンルで取り上げ、楽しんで経済が読めるという作品を送り出してきた著者が、今度は怪談調で経済を語るという新機軸を打ち出した。

短編6作のテーマは、日銀の金融政策、国家財政の破綻《はたん》や証券市場など毎日、経済ニュースで取り上げられている「今そこにある」経済問題、しかも誰もが頭を抱える難問題ばかりだ。日銀マンや財務省のお役人といった「お堅い」職業の主人公だけでなく、やり手の証券トレーダー、女性テレビキャスターや政治の中枢を牛耳る与党の実力政治家などが、入れ代わり立ち代わり現れる。臨場感は抜群だ。

どうやってそれが現代の怪談と結びつくのかは読んでのお楽しみだ。新聞や経済誌で日常読むと現実的極まる話題がいつのまにか、超自然的な現象へと発展していく。

スリリングな展開で、一作ずつあっという間に読み進んでしまう。読み終わるごとにちょっと得体の知れない、でもありそうな、こわ〜い怪談独特の読後感が脳裏に残る。

専門家にとっては日常的だが、考えてみれば財政や金融といった問題は全般に抽象的だ。日本の国債残高が７００兆円以上で、財政は危機的状態と言われても、とりあえず昨日と変わらない今日が続いている。ぴんと来ないままに日常生活の中に埋没してしまうのが普通の感覚だろう。お金の流れも感覚的に捉《とら》えにくい。時々、テレビ番組や映画のストーリーの中に登場しても、実務の現場のディーテールまではよくわからない。日銀の市場オペレーション、証券市場の取引活動など、直に見たり聞いたりする機会は、ふつうは皆無と言っていい。

金利が上がると債券価格が下がる？　円安になると株式市場にプラス？　ということは円高は悪いこと？　でも円高なら海外旅行に安く行けるし、円の価値が上がるのがどうしていけないのだろう……。国の借金って未来へのつけ回し、とはよく言われるが孫の世代が今の高齢者たちの医療費をいずれ払わなくてはいけないのだろうか。払うといってもどうやって？　「予想に織り込み済み」という言葉がよく使われるが、だれがいつ織り込むのだろう……と、いわゆる経済や市場の動き、市場心理はわかったようでわからないことも少なくない。

一方で、政治・経済の政策現場や金融界のビジネスの実態もわかりにくい。なぜ、財務省のお役人は深夜まで働いているのか、政治家の秘書はどんな仕事をするのか、テレビのキャスターは誰に取材して番組を作るのか。

感覚的にはわかりにくい経済問題。これと正反対の位置にあるのが「怪談」だろう。怪談の意味はリアリティにあると思う。99％は平穏無事に暮らしている市民生活の隙間で、恐怖感というおどろおどろしい実感が生の現実に我々を引き戻す。怪談やホラー作品に人気があるのは、現代人が忘れがちな、そうした実存感覚を取り戻す稀有《けう》な機会になるからではないだろうか。

ホラー小説の手法を用いることにより、もともと実感しにくい経済問題を「ぞくっ」とする皮膚感覚で感じさせてくれたと考えれば、彼女の小説のユニークさがわかる。実感しにくいためにどうしても理屈っぽくなり、「頭でっかち」になりがちな経済の議論なのだが、こうした手法であれば実際の雰囲気がよくわかるし、エンターテイメントとして楽しみながら、難しい政治経済の動きでもイメージが明確になる。

しかし、この本を読んで得られる実感からは、日本経済の機能不全がもはやホラーの段階に達しているのではないかと感じられる。そう考えるとまた一入《ひとしお》、怖さが募ってくる。いや、読者は目を凝らして怖さを実感すべき時なのかもしれない。

本書は2011年に発表された単行本を文庫化したものだ。2011年当時といえば日本は大震災に見舞われた年でもあったが、国民の期待を集めた政権交代から2年、未熟な政権がその運営力の稚拙さを露呈して失望感が広がっている頃だった。国の稼ぎである国内総生産（GDP）の2倍を超える国の借金は、世界に類を見ない高水準で毎年増加が止まらない。しかし海外の借入に頼る必要はなく、金利が跳ね上がることはない。深刻な状況なのに警報が鳴りにくい状態が続いていた。

その解決に不退転の決意で臨まなければならない我が選良たちはというと、政権は浮遊状態、ねじれ国会の中、与野党はデッドロックとなり、霞《かすみ》が関《せき》は面従腹背の姿勢、様子見のメディアという、3すくみ、4すくみの状況から抜け出せない。

本来、先鋭な危機感を持って国民に丁寧に問題の本質を語りかけ、痛みを伴う解決法も受け入れるように説得しなければならない立場にある指導者が、日常の閉塞《へいそく》状況にいつか慣れ、往々にして危機感を忘れ去る結果になっていた。今日も無事に過ぎたから明日も大丈夫だろうと小人の安心にかまけていた状況はホラーさながら、背筋が寒くなるという状態だった。

現実の世界は、その一年後に政権は元の枠組みに戻り、安倍首相が進める経済政策―アベノミクスが、景気回復を主導し、将来に対する期待感を改善してきている。異次元金融緩和と財政刺激といういわゆる「第一の矢」「第二の矢」の効果で、足元の経済は明るいニュースが多くなった。典型的なのは株式市場で、2013年の年末の株価は1万6千円を越え、年初からの上げ幅は5割を超えた。東京オリンピック・パラリンピックの招致を決定し、日本人が少し自信を取り戻しつつある、との指摘も多い。

しかし、ホラーはハッピーエンドを迎えたのだろうか。現実は手放しで安心していられるわけではなさそうだ。

足元の景況感は改善しても、政府の膨大な借金の問題は、未解決のままだ。今回の消費税増税はそれをある程度改善するが、歳出の規律の方はむしろ後退しているように感じられる。次世代への負担先送りの懸念は消えない。

2013年末に決定された2014年度予算案では財政状況が改善したと政府は言うが、累積した借金増加のスピードが少しゆっくりになるだけの話で、借金が増えていることに変わりはない。しかも収支の改善は4月からの消費税率の3%幅の引き上げと、民間よりも強気の経済成長の見通しに基づく税収増に依存した形になっているのは気がかりだ。短期的な景気維持ばかりが重視され、歳出面では公共事業の拡大が図られ、農業や社会保障などの抜本改革の先送りも目立つ。経済関係者の心配の種は尽きない。

もう一つの懸念は、前例なき金融緩和の副作用だ。本書の作品にも金融緩和の話が出てくるが、現在のゼロ金利長期化の約束や量的緩和は、金利をマイナスにできないことによる苦肉の策である。膨大な累積債務による財政の制約も強いので金融政策に多くを期待することになっているが、実体経済の回復なく資産価格が高騰するだけの結果にならないか。バブルの後遺症が辛《つら》いものであることは我が国では経験済みだ。「異次元」金融緩和と言われるように、うまくいかない時の悪影響への懸念はあるが、成長を目指して実験を「やってみている」政策でもある。成功してほしいと思いつつ、結果がどうなるのだろ〜と、コワーい感覚を実感している人は少なくない。

現在のアベノミクス経済政策を支持する人でも、「第三の矢」、すなわち規制改革を進め民間の成長を促す政策が踏み込み不足との意見は根強い。まさに「3本の矢」を連携させ、経済成長の良循環が生まれなければ、国民の今の生活は維持できない。

高齢化もさらに進む中、取り返しのつかない恐ろしい事態が突然やってくるかも、という心配はなお去らない。民主党主導の政権下のホラー物語が終わったとしても、日本は「お化け屋敷」から抜け出せたわけではないのだ。我が国指導者にも是非、この小説のリアリティ感覚を持って取り組んでもらいたいと心から願わずにはいられない。

本書は二〇一一年七月に刊行された単行本を
加筆修正のうえ、文庫化しました。

財務省《ざいむしょう》の階段《かいだん》

幸田真音《こうだまいん》

平成26年 5月25日 初版発行

発行者●山下直久

発行所●株式会社KADOKAWA
〒102-8177 東京都千代田区富士見2-13-3
電話 03-3238-8521（営業）
http://www.kadokawa.co.jp/

編集●角川書店
〒102-8078 東京都千代田区富士見1-8-19
電話 03-3238-8555（編集部）

角川文庫 18558

印刷所●旭印刷株式会社 製本所●株式会社ビルディング・ブックセンター

表紙画●和田三造

ISBN978-4-04-101636-7 C0193

角川文庫発刊に際して

角川源義

第二次世界大戦の敗北は、軍事力の敗北であった以上に、私たちの若い文化力の敗退であった。私たちの文化が戦争に対して如何に無力であり、単なるあだ花に過ぎなかったかを、私たちは身を以て体験し痛感した。西洋近代文化の摂取にとって、明治以後八十年の歳月は決して短かすぎたとは言えない。にもかかわらず、近代文化の伝統を確立し、自由な批判と柔軟な良識に富む文化層として自らを形成することに私たちは失敗して来た。そしてこれは、各層への文化の普及滲透を任務とする出版人の責任でもあった。

一九四五年以来、私たちは再び振出しに戻り、第一歩から踏み出すことを余儀なくされた。これは大きな不幸ではあるが、反面、これまでの混沌・未熟・歪曲の中にあった我が国の文化に秩序と確たる基礎を齎らすためには絶好の機会でもある。角川書店は、このような祖国の文化的危機にあたり、微力をも顧みず再建の礎石たるべき抱負と決意とをもって出発したが、ここに創立以来の念願を果すべく角川文庫を発刊する。これまで刊行されたあらゆる全集叢書文庫類の長所と短所とを検討し、古今東西の不朽の典籍を、良心的編集のもとに、廉価に、そして書架にふさわしい美本として、多くのひとびとに提供しようとする。しかし私たちは徒らに百科全書的な知識のジレッタントを作ることを目的とせず、あくまで祖国の文化に秩序と再建への道を示し、この文庫を角川書店の栄ある事業として、今後永久に継続発展せしめ、学芸と教養との殿堂として大成せんことを期したい。多くの読書子の愛情ある忠言と支持とによって、この希望と抱負とを完遂せしめられんことを願う。

一九四九年五月三日

角川文庫ベストセラー

投資アドバイザー有利子　幸田真音

貯蓄から投資への機運が高まる中、証券会社のやり手投資アドバイザー・財前有利子は、個人客の投資相談に取り組んでいる。個人金融資産運用の世界を描く、コミカル・エンタテインメント経済小説の誕生！

Hello, CEO.（ハロー シーイーオー）　幸田真音

外資系カード会社に勤務する27歳の藤崎翔は、会社が大規模なリストラ策を打ち出したことを機に独立、仲間たちと新規事業を立ち上げる。CEO（最高経営責任者）として舵取りを任されるが……青春経済小説！

小説日本銀行　城山三郎

エリート集団、日本銀行の中でも出世コースを歩む秘書室の津上。保身と出世のことしか考えない日銀マンの虚々実々の中で、先輩の失脚を見ながら津上はあえて困難な道を選んだ。

価格破壊　城山三郎

戦中派の矢口は激しい生命の燃焼を求めてサラリーマンを廃業、安売りの薬局を始めた。メーカーは安売りをやめさせようと執拗に圧力を加えるが……大手スーパー創業者をモデルに話題を呼んだ傑作長編。

危険な椅子　城山三郎

化繊会社社員乗村は、ようやく渉外課長の椅子をつかむ。仕事は外人バイヤーに女を抱かせ、闇ドルを扱うことだ。やがて彼は、外為法違反で逮捕される。ロッキード事件を彷彿させる話題作！

角川文庫ベストセラー

辛酸《しんさん》
田中正造と足尾鉱毒事件
城山三郎

足尾銅山の資本家の言うまま、渡良瀬川流域谷中村を鉱毒の遊水池にする国の計画が強行された！　日本最初の公害問題に激しく抵抗した田中正造の泥まみれの生きざまを描く。

百戦百勝
働き一両・考え五両
城山三郎

春山豆二は生まれついての利発さと大きな福耳から得た耳学問から徐々に財をなしてゆく。株世界に規則性を見出し、新情報を得て百戦百勝。〝相場の神様〟といわれた人物をモデルにした痛快小説。

大義の末
城山三郎

天皇と皇国日本に身をささげる「大義」こそ自分の生きる道と固く信じて死んでいった少年たちへの鎮魂歌。青年の挫折感、絶望感を描き、〝この作品を書くために作家を志した〟と著者自らが認める最重要作品。

一歩の距離
小説　予科練
城山三郎

航空隊指令から呼び出しがかかった。「特攻志願する者は一歩前へ」。生と死を隔てる〝一歩の距離〟を前にして立ち竦む予科練の心理の葛藤を通して、戦時下の青春群像を描いた表題作、他一編。

忘れ得ぬ翼
城山三郎

太平洋戦争で死を紙一重で免れた男達の心の中には、今なお自分の運命を決定した飛行機が飛び続けている。隼、彗星、一式陸攻……敗色の濃くなった日本の空で絶望的な戦いを強いられた飛行機乗り達の物語。

角川文庫ベストセラー

仕事と人生　城山三郎

「仕事を追い、猟犬のように生き、いつかはくたびれた猟犬のように果てる。それが私の人生」。日々の思いをあるがままに綴った著者最晩年、珠玉のエッセイ集。

顔・白い闇　松本清張

有名になる幸運は破滅への道でもあった。役者が抱える過去の秘密を描く「顔」、出張先から戻らぬ夫の思いがけない裏切り話に潜む罠を描く「白い闇」の他、「張込み」「声」「地方紙を買う女」の計5編を収録。

小説帝銀事件　新装版　松本清張

占領下の昭和23年1月26日、豊島区の帝国銀行で発生した毒殺強盗事件。捜査本部は旧軍関係者を疑うが、画家・平沢貞通に自白だけで死刑判決が下る。昭和史の闇に挑んだ清張史観の出発点となった記念碑的名作。

山峡の章　松本清張

昌子は九州旅行で知り合ったエリート官僚の堀沢と結婚したが、平穏で空虚な日々ののちに妹伶子と夫の失踪が起こる。死体で発見された二人は果たして不倫だったのか。若手官僚の死の謎に秘められた国際的陰謀。

水の炎　松本清張

東都相互銀行の若手常務で野心家の夫、塩川弘治との結婚生活に心満たされぬ信子は、独身助教授の浅野を知る。彼女の知的美しさに心惹かれ、愛を告白する浅野。美しい人妻の心の遍歴を描く長編サスペンス。

角川文庫ベストセラー

死の発送　松本清張

東北本線五百川駅近くの草むらで、死体入りトランクが発見された。被害者は東京の三流新聞編集長の山崎と知れたが、鉄道便でそのトランクを発送したのも山崎自身だった。部下の底井が謎に挑む。本格長編推理。

軍師の境遇　新装版　松本清張

天正3年、羽柴秀吉と出会い、軍師・黒田官兵衛の運命は動き出す。秀吉の下で智謀を発揮して天下取りを支えるも、その才ゆえに不遇の境地にも置かれた官兵衛の生涯を描いた表題作ほか、2編を収めた短編集。

失踪の果て　松本清張

中年の大学教授が大学からの帰途に失踪し、赤坂のマンションの一室で首吊り死体で発見された。自殺か他殺か。表題作の他、「額と歯」「やさしい地方」「繁盛するメス」「春田氏の講演」「速記録」の計6編。

紅い白描　松本清張

美大を卒業したばかりの葉子は、憧れの葛山デザイン研究所に入所する。だが不可解な葛山の言動から、彼の作品のオリジナリティに疑惑をもつ。一流デザイナーの恍惚と苦悩を華やかな業界を背景に描くサスペンス。

黒い空　松本清張

辣腕事業家の山内定子が始めた結婚式場は大繁盛だった。しかし経営をまかされていた小心者の婿養子・善朗はある日、口論から激情して妻定子を殺してしまう。河越の古戦場に埋れた長年の怨念を重ねた長編推理。

角川文庫ベストセラー

潜在光景　松本清張

20年ぶりに再会した泰子に溺れていく私は、その幼い息子に怯えていた。それは私の過去の記憶と関わりがあった。表題作の他、「八十通の遺書」「発作」「鉢植を買う女」「鬼畜」「雀一羽」の計6編を収録する。

男たちの晩節　松本清張

昭和30年代短編集①。ある日を境に男たちが引き起こす生々しい事件。「いきものの殻」「筆写」「遺墨」「延命の負債」「空白の意匠」「背広服の変死者」「駅路」の計7編。「背広服の変死者」は初文庫化。

三面記事の男と女　松本清張

昭和30年代短編集②。高度成長直前の時代の熱は、地道な庶民の気持ちをも変え、三面記事の紙面を賑わす事件を引き起こす。「たづたづし」「危険な斜面」「記念に」「不在宴会」「密宗律仙教」の計5編。

偏狂者の系譜　松本清張

昭和30年代短編集③。学問に打ち込み業績をあげながら、社会的評価を得られない研究者たちの情熱と怨念。「笛壺」「皿倉学説」「粗い網版」「陸行水行」の計4編。「粗い網版」は初文庫化。

神と野獣の日　松本清張

「重大事態発生」。官邸の総理大臣に、防衛省統幕議長がうわずった声で伝えた。Z国から東京に向かって誤射された核弾頭ミサイル5個。到着まで、あと43分！　SFに初めて挑戦した松本清張の異色長編。

角川文庫ベストセラー

乱灯　江戸影絵　(上)(下)　松本清張

江戸城の目安箱に入れられた一通の書面。それを読んだ将軍徳川吉宗は大岡越前守に探索を命じるが、その最中に芝の寺の尼僧が殺され、旗本大久保家の存在が浮上する。将軍家世嗣をめぐる思惑。本格歴史長編。

夜の足音　短篇時代小説選　松本清張

無宿人の竜助は、岡っ引きの粂吉から奇妙な仕事を持ちかけられる。離縁になった若妻の夜の相手をしろという。表題作の他、「噂始末」「三人の留守居役」「破談変異」「廃物」「背伸び」の、時代小説計6編。

蔵の中　短篇時代小説選　松本清張

備前屋の主人、庄兵衛は、娘婿への相続を発表し、仕合せの中にいた。ところがその夜、店の蔵で雇人が殺される。表題作の他、「酒井の刃傷」「西蓮寺の参詣人」「七種粥」「大黒屋」の、時代小説計5編。

落差　(上)(下)　新装版　松本清張

日本史教科書編纂の分野で名を馳せる島地章吾助教授は、学生時代の友人の妻などに浮気心を働かせていた。教科書出版社の思惑にうまく乗り、島地は自分の欲望のまま人生を謳歌していたのだが……社会派長編。

或る「小倉日記」伝　松本清張

史実に残らない小倉在住時代の森鷗外の足跡を、歳月をかけひたむきに調査する田上とその母の苦難。芥川賞受賞の表題作の他、「父系の指」「菊枕」「笛壺」「石の骨」「断碑」の、代表作計6編を収録。